明室
Lucida

照亮阅读的人

玲珑塔

苏枕书 _著

图书在版编目（CIP）数据

玲珑塔 / 苏枕书著. -- 北京：北京联合出版公司，2025.3. -- ISBN 978-7-5596-8063-1

Ⅰ. I247.7

中国国家版本馆 CIP 数据核字第 2024Y5U707 号

玲珑塔

作　　者：苏枕书
出 品 人：赵红仕
策划机构：明　室
策划编辑：陈希颖
特约编辑：孙皖豫
责任编辑：徐　鹏
装帧设计：山川制本 workshop

北京联合出版公司出版
(北京市西城区德外大街 83 号楼 9 层　100088)
北京联合天畅文化传播公司发行
北京市十月印刷有限公司印刷　新华书店经销
字数 110 千字　787 毫米 ×1092 毫米　1/32　8.25 印张
2025 年 3 月第 1 版　2025 年 3 月第 1 次印刷
ISBN 978-7-5596-8063-1
定价：55.00 元

版权所有，侵权必究
未经书面许可，不得以任何方式转载、复制、翻印本书部分或全部内容。
本书若有质量问题，请与本公司图书销售中心联系调换。
　电话：(010) 64258472-800

目 录

- 001 玲珑塔
- 041 出书记
- 071 花神
- 103 游仙窟
- 141 校长
- 175 养一只狗
- 219 在湖上
- 253 后记

玲珑塔

1

周五夜里，老师喜欢在研究室跟学生聚会，这是多年来的习惯。近来虽有微信群联络日常事务，犹嫌不够亲善。总有几个办事得力的学生，平时积极在群里发点赞、咖啡之类的表情，对于周五的夜饮也一贯兢兢业业请示上意、准备杂务。聚会形式很新派，并不屑大吃大喝，而是团圞围坐在小桌前，准备些点心零食，随意清谈学术。四面书架耸立，彰显老师的渊博与趣味。酒是要喝一些的，但不能度数太高，若不一会儿就喝多了，也没什么意思。

转眼曹宝晋已是高年级学姐，这样的场合理应多照顾老师与年轻学生。但比她敏捷多了的学生实在不少,比如喜欢挨着老师落座的学弟钱山。为老师端茶倒水,及时应对老师的任何话题,笑声总比别人的大些、久些,笑纹挤得眼睛只剩黑亮的小粒,弟子服其劳式的殷勤。

老师更喜欢男学生,曹宝晋心里清楚,因此不怎么靠近凑趣,只是坐在离核心区域较远的地方默默喝东西。老师藏书丰富,有时会挑选几种自己不要的,或者有重复的,送给聚会的学生们。钱山最积极,恨不得所有的都要,带着一点撒娇的神情,早早将书抱在怀里。这回硕士生余恬很想要其中一册关于《诗经》的书,钱山翻了翻那册小书,却不松手,脸上露出轻谑的微笑:"你什么时候做《诗经》了?"

余恬一向对钱山敬畏有加,经他一问,脸立刻红了,只小声道:"我很喜欢扬之水老师。"

钱山笑道:"没想到你这么文艺。"他习惯贬抑女学者的研究,大半都是"文艺",格局不够,却依然不愿意将那册薄薄的小书让出,毕竟是早年出的版本。虽说孔网也能买到,但眼前的书,怎么舍得放过呢?宝晋见惯钱山这副万事不肯落人后的面孔，那堆书里未必没有自己想要的，但既然自己一开始坐得这样远，现在不方便下手也是应该。她心里对钱山颇不屑，也想为师妹争取一回，但如何不露声色且不让老师以为多事地抢白，需要多费一点斟酌。

就在她默思遣词造句的时候，师妹韩澄竟伸手夺了那册小书，交到余恬手里："你别理他，这书很好，可不能用'文艺'两个字随便打发了。"又对钱山笑道："你也不做《诗经》，何苦跟师妹抢本书呢，也不大度些。"余恬嗫嚅，更加不好意思，又仿佛恨韩澄多事，尴尬地捧着书，想了想也没有翻开，隔着桌子轻轻还回钱山跟前。

宝晋抚着余恬肩膀，终于发话，柔声道："小余就收下吧。"钱山哼笑："这书也有新版，不稀奇，你要就拿走吧。"他全然不在乎老师的看法，认定老师也以为他的言行正义。最后还是韩澄将书重新放回余恬手里，不过她错误地以为余恬欣赏她的挺身而出，却不知余恬崇拜的是钱师兄，不希望与他争抢什么。更何况在余恬看来，自己又有什么资格与发了不少论文的他相提并论呢？

尽管宝晋和韩澄的业绩丝毫不输给钱山，但余恬早已敏锐地觉知，这小小空间内师兄师姐们在老师心目中的排序。她自己固然在最不起眼的位置，但师姐们也并不值得她崇拜与依附。

老师全程微笑，一声不响，像儿女绕膝的家长那样，宽容又满足地看着学生们小小的争斗。就在众人攘攘分书之际，敲门声响起，有人进来——叶雯一脸倦容，勉强打叠精神，道歉说来晚了。男生们坐着的一圈还很舒朗，却没有人愿意把椅子挪一挪腾一点空间，韩澄与余恬赶紧在小沙发挨得更紧些，为叶雯留出一个位子。叶雯迟疑片刻，坐了下去，笑道："今天老师又有什么好书给我们？"

韩澄笑道："你看钱山，每次都是他手最快。"钱山不介意将刚刚得到的书封面展示给叶雯看，但书仍牢牢攥在手里。叶雯意兴寥落地看了看，随口赞美了几句，有些心不在焉。刚跟丈夫打了漫长的吵架电话，他们两地分居已有几年，丈夫在合肥，希望她尽快过去，但她显然更愿意留在北京。毕业已经很近，只要她愿意，留京应不是问题，求老师找个地方读博后，容身之处不难得。她本科就来北京读书，世上没有比北京更具吸引力的地方，学术中心的幻觉，哪怕她从来只在最边缘。

叶雯与丈夫是高中同学，后来在北京重逢。家里不支持她读博，最好早点考公务员。她辛苦考每一场试，不错过任何一次奖学金申请，没有给家里增添负担，但也没有给父母带来任何明白的利益。"就算你读博三年毕业，不花家里的钱，但是别人家孩子硕士毕业就找工作，一年少说也十几万收入。比你早工作三年，多挣三四十万，你也就比人家亏了三四十万，还亏了这三年。"父母算得仔细，投入多年的独女，迟迟看不到收益，何况现在博士还读到了第四年。也知道家里条件普通，女儿相貌平平，因为读书太刻苦，早早戴一副厚镜片眼镜。不论怎么减肥都是一副大骨架，更糟糕的是生就倒梯形的脸，因为常年的不忿与忧虑，眉头常锁，习惯性拧着两团愁云，永远显得丧气。

叶雯深恨父母的粗俗与短视，但也无话可说。

她没有过任何艳遇，也不曾主动喜欢过什么人，早就看透了自己。知道自己笨拙的外貌无法指望，必须通过学习实现自我价值。丈夫高中时成绩平平，没有考上好大学，从前并不在她眼里。本科毕业后做过很多工作，虽然做生意一度赚了些钱，但也没有遇到合适的伴侣。在北京一场聚会上与老同学叶雯重逢，突然灵光一闪，认为还是知根知底的人好，遂展开行动。叶雯起初并没有当真，但肉麻的短信与花束、礼物无不新鲜。她想自己大概等不来更好的，不像穷苦出身的蹩脚男博士，熬出头还可以找年轻女学生。这不失为一个时机，虽然她认为他日渐稀疏的头发有些扫兴，但自己何尝不让人扫兴呢。她很快接受了他的求婚，父母虽谈不上满意，但到底女儿终身有了着落，身板不由得更挺直了些。万幸婆婆对她也没有意见，认为她质朴，学问高，很拿得出手，如果早点生个孩子就更是万事大吉。

酒过数巡，老师觉得时候不早。女生们很快把桌子收拾干净，钱山在边上陶醉地看自己新得的书，又跟在老师后面轻声讨论着什么。众人鱼贯出了研究室，老师在停车场与学生告别，大家很快散去。寻常不过的周五之夜，叶雯惦记着与丈夫的争吵，但她和宝晋住一间宿舍，不方便继续战争，只好默默忍着，埋头改论文。韩澄早在校外租住，她一向独来独往，也没有请过同门去家里聚会。

2

叶雯与丈夫的冷战以丈夫偶尔来京出差重逢而告终。那几天她都去丈夫的酒店住，白天赶回学校，要去图书馆，还有助教的工作。二人见了面，心都软下来。丈夫说你先看看北京的机会，我也不是不能来这里发展，只是北京万事都难，以后还有孩子。叶雯说，大家都是这样过来的，只要我找到工作，以后孩子可以念大学的附属学校。"青椒"（青年教师）日子虽不好过，但隐性福利多，有寒暑假，以后孩子可以上附属幼儿园、附属小学。等评上副高职称之后待遇更好，要不怎么大家都挤在这条窄路上呢？外面的人不知道。丈夫很高兴,觉得自己果然找了深谋远虑的妻子,别人问起他老婆的事,他也不无骄傲地夸口说她马上就要进高校工作了。温存之际很容易说悦耳的大话:"那你负责我们孩子的教育,我负责给我老婆孩子多赚钱。"

只是没想到孩子来得这样快,仿佛听到了父母的宣言,这几天就急急降临,生怕错过宝贵机会。叶雯虽抱怨丈夫不小心,但再不小心,也是因为有她的侥幸和许可。学院里经常有人说,要趁着读博赶紧生个孩子,毕业时孩子有了论文也有了。这是极轻薄的看法,把论文与生育都看得如此简单。叶雯看重自己的研究,努力多年,绝不想被孩子拖累,得到"女博士就是不行""女人生育到底影响研究"的名声。但她也不排斥这个孩子,她做不到其他同行那样笃定地不要孩子、专心研究——这样的学者夫妇有很多。她出身普通,没有想过不要孩子这个选项,丈夫和公婆也不可能同意。

孕早期很难捱,但她不怕这点辛苦,只是一定要赶紧毕业,就职时挺着肚子很不方便。但可以通过做博后来缓冲两年，原本这几年毕业后直接找教职也不容易。宝晋很快知道了叶雯的变化，在得到肯定的答案后，宝晋满怀祝福。同门之间虽然有很多微妙的关系，但宝晋作为师姐，向有贤名。叶雯请她严格保密，宝晋自然照办，也对叶雯颇多照顾。

赶在肚腹隆起得人人都能认出之前，叶雯以她多年来惯有的强韧毅力完成了水平尚可的博士论文，并顺利通过外审。她的履历不算耀眼，但在老师的弟子中足够合格标准。老师与她一直淡淡的，邮件从来都是公事公办的口吻。女学生不方便的地方多，自己也不是伶俐的美人，她都理解。周五晚上的聚会她已不太去了，老师当面问过她找工作的意向，她明确表示想留京，老师说会为她留心机会。当然事实上还是她自己到处发简历。她看上一所研究机构的博后职位，如果顺利，出站后可以留下来继续做研究员。只要是拼业绩，她就无所畏惧。

近来师妹余恬也到了选择的路口，是继续读博，还是毕业工作？她本科毕业于本地一所普通大学，专业也不太对口，一直怯怯的。硕论选题是老师指定，只要按照老师所指明路，不抄袭不偷懒，安全毕业不成问题。她不够直博资格，升博需要考试，或者保送其他学校。她很倾慕这位导师，当年考硕士时花了那么多心血，不想轻易换环境。她热爱"学术"，尽管这话她从来不敢说出口，仿佛自己没有资格。她本科时就玩某个学术论坛，参加过考研小组，关注了师兄师姐们的账号。她向往他们讨论问题的氛围，但她不敢参与，顶多只是点赞、转发而已。老师不鼓励女生们读博，但也不会明确打击，比起其他刻薄的导师，称得上温文。

有一回周五聚会，大家不知怎么问到余恬的选择。她犹豫了一会儿，只说考研面试时老师问过她是否读博，那时她说想读博，也谈过博士期间的研究方向。钱山笑道："余恬也要读博啊。"这样露骨的讽刺口吻，没有人觉得不妥。余恬脸上带着讨好的笑意："师兄多指点我。"钱山也是硕士时从外校考来的，但他比宝晋、叶雯这些本校读上来的学生堂堂正正得多，仿佛世代都属于这里。

余恬确实请钱山指点自己的研究，写了投稿论文，小心翼翼先拿给钱山过目，之后才敢给导师看。钱山也做助教，这是他分内工作。更何况余恬细声细气，生得白净乖巧，在咖啡馆或图书馆坐在对面，称得上赏心悦目。指导了几回——如果说看论文和推荐几种书目算指导的话，余恬终于把投稿论文发给老师看，惴惴不安等待老师的回复。老师很快回信，在 word 文档上做了批注和修改，表示照此修改之后，即可达到投稿标准。余恬快乐极了，自然要感激钱山，约他吃饭。钱山这一阵忙着参加某个学会，无此闲暇。余恬便上网搜索"买什么礼物给师兄比较好"，精心挑选之后，网购一只海外木制置书架（lectern），特地自己重新包装了，诚心诚意送给钱山。钱山对这件礼物很满意，朋友圈与论坛都发了照片，上面貌似随意地搁一册自己圈点过的线装书，只说是收到的礼物。余恬也觉得自己的礼物配上师兄的藏书相得益彰，给他的发言都点了赞。

3

起先宝晋并未认出学会上遇到的那位青年是老师的儿子,还是钱山殷切地与他交流学术,才意识到原来那就是老师在外留学的独子。不同于叶雯设想中的那般,高校教师的子女靠着父母在高校内的隐性福利就可以有平顺的前途。老师这一代也许是自己出身不够好,也许是栽培儿女时掌握的社会资源尚不丰富,即便在很好的学校工作,儿女们也未必有光明的前途。财富与资源可以世袭,但智慧不能。虽然钱山他们无不对学二代、"书香世家"羡慕有加,但老师这一代读书人,顶多还在社会主义初级阶段,离门阀化尚需几代积累。当然,比起别的同行家早早退学或患有躁郁症的孩子,老师的儿子优秀得足够继承江山。颜永光高考虽然没有进入最一流的大学,但通过各种加分,还是顺利进入南方某国立高校的中文系,早早定下子承父业式的研究方向。在接受"青年学者谈某某学"之类的访谈中,颜永光的谈吐也很不俗,"从小受父亲的影响,尤喜读书。

中学时熟读钱穆、严耕望等诸家先生著作"云云，令钱山妒羡不已，因为自己中学时还在崇拜余秋雨。

永光硕士时考入另一所很不错的大学，还去支教了一年，有勤勉真诚的好声誉。博士出国是他自己的意愿，当时出国已不是什么加分项——对于以后还想回国就职的人而言。最理想是像钱山实践的那样，在国内读博，中途出国交换一两年，既具备国际视野，又不耽误在国内开发所谓的人脉。奈何永光业绩平平，直博拼不过更优秀的同门，既有考博的气力，不如出国待几年。父亲为他联系了国外导师，推荐信、奖学金，一路绿灯。永光学习的确刻苦，留学几年业绩大增，外语虽仍平平，但和国内同行相比已属出众。他无意在海外找教职，临近毕业，开始积极回国参加学会。他也是后来才知道宝晋是父亲的学生，他对宝晋的研究与举止印象很好，很愿意跟她多聊几句。无奈钱山像紧贴着老师一样紧贴着自己，大谈学术之种种。散会后有简餐，但因为事先约了叶雯吃饭，宝晋已提前告退，没想到却给永光留下余韵悠长的难忘背影。

叶雯工作基本已定下,虽然博后比直接留校做讲师委屈些,但以她眼下的境况,很难被急需工蜂驱使的高校接受。医生告诉她胎儿很健康,丈夫也完全同意她留在北京,正争取一切机会来北京照顾她。反是她心疼丈夫在忙碌工作中的过度奔波,体贴说自己尚无事,等到分娩前再来不迟。她终于可以坦然地挺着日益饱满的肚腹穿行于学校各处,每日依然雷打不动地去图书馆、完成工作。老师说她应当多休息,但她每每带着凛然又刻苦的神色,说自己完全没事。虽做了多年同门,也共居多年,但她几乎没有与宝晋交过心。如今自己工作、终身、孩子均有着落,处处比师姐宝晋早一步,心中焦虑终于平复。更兼孕期得到宝晋细致的照顾与遵守诺言的沉默,不免对宝晋多了几分真挚的佩服。

但在听说宝晋与永光恋爱之后,这份佩服又不免化为讪讪的不满。平时看着淡泊名利,却悄悄为自己找了这样好的前程。大家都认为永光这样的好青年到现在才谈恋爱简直不可思议,也为永光选择了四平八稳的宝晋感到一丝"原来如此"的失落。宝晋有什么好？人群里不起眼，师门里也并非最出挑。宝晋未尝没有犹豫，她本不想找同行，学院生活多年，见惯种种冠冕堂皇之下的面孔，正常些的人通常很早离开这小世界，去广阔天地投奔新生活，多多赚钱，放飞自我。她的父母也在高校工作——生母早已离婚，年轻的继母曾是父亲的学生。不过继母没有孩子，在父亲的培养之下专注自己的学问，像另一个女儿、父亲完全的作品。比起年轻时只贡献了一颗精子就凭空长出来的宝晋，自己一手培植的学生显然更符合理想。父亲很爱怜年轻的妻子，人们也几乎忘了曹老师曾有另一位夫人。

她爱永光吗？闭上眼睛几乎不太记得他的样子，只记得他比自己高一些，身材略胖，近视严重，摘了眼镜后的样貌似乎与模糊的视力一起漫漶严重。永光选择她并没有复杂的考虑，只是因为时机合适，宝晋也很合他心意。既然是父亲的学生，那更是佳话。宝晋慎重地接受了他的追求，二人谈了一段时间的异国恋，永光就以青年才俊的身份学成归国,并在某高校觅得助理教授的职位。只有他和宝晋知道,那原是宝晋想去的地方,但宝晋不想与他竞争,去了另一所学校做博后。

4

余恬没有读博,去了某出版社的学术编辑室工作,她已习惯被人们称为"某某弟子",借着老师的名声,找工作才如此顺利。钱山认为她的选择对极了,她也羞怯地表示,以后的理想就是给师兄编书:"我早就预定好了,师兄不要把著作给别人啊。"

"那当然。"钱山翩然有得色,也许自己的体贴使这温柔如兔的女生对自己有了幻想,短信来往比同在师门时更频繁,也单独多吃了几回饭。余恬搬到出版社附近的公寓,钱山这才发现师妹家境这般优渥,刚毕业就能租这样的房子,不免略略高看一眼。

钱山对自己期许甚高,老师是他明确的偶像,只要自己谋得教职,何愁没有其他。余恬虽然乖巧可爱，但做钱夫人实在差了些。他羡慕前几代的学者，常被官宦人家相中结亲。如今世风日下，读书人不再金贵，但自己无论如何也不能找一个平庸的编辑错付终身。说来到底是女人轻松，不论平时看起来如何三贞九烈与世无争，关键时刻还是靠婚姻实现自我。钱山恨不得自己能嫁给永光做颜夫人，可惜这男儿身。

师门都收到了宝晋、永光婚礼的请柬，主婚人是学院一位德高望重的老先生，也是宝晋本科时的毕业论文指导老师，深情称颂这样难得的"学术联姻"，祝福这对"学术伉俪"早日诞下"未来学术的后备军"。还很有风度地笑着提点永光，说现在时代变了，男学者也要在家多做家务。女学者很不容易，既要拼业绩又要忙育儿。大家热烈鼓掌，这样的发言与盛会，值得在各个群与朋友圈里大大赞颂一番。

叶雯也参加了宝晋的婚礼，她已休完产假，婆婆体贴地来北京照顾她，因为她生下了宝贵的儿子。大家在她面前也夸不出"恢复很快"之类的话，只夸她厉害、效率奇高。钱山也在旁笑

玲珑塔

道:"师姐什么都没耽误,今年还是发那么多论文,真是我辈楷模、女超人!而且女人这个时候生孩子最好,再晚就迟了。"叶雯不由得勃然变色,但并未争论。韩澄听多了这等言论,冷笑道:"超人就超人,偏还加个女字。生孩子早啊迟的,跟你有什么关系?"钱山投降:"师妹太敏感了,堪称女权先锋,阶级斗争时时抓。"韩澄不理他,转过头与叶雯聊天,关切她的育儿细节。但叶雯并不想多谈,就像急于复出的女明星最恨被媒体评价"有妈妈味",生育是生育,学术是学术,她在当中画了清晰的线。未婚未育的韩澄竟说着"以后开学会应该专设母婴室,鼓励大家把孩子带出来"之类荒诞的大话,不知她是太幼稚还是别有用心,简直可恨。叶雯淡淡的,不搭腔。

婚后宝晋与永光住到一处,离永光学校很近。而宝晋通勤则要多坐一会儿地铁,好在她不需要天天坐班,在家里也可以工作。永光需要给本科生与硕士生开课,科研任务也不轻。他们各有一张书桌,因为研究领域不同,书架也泾渭分明。永光很刻苦,每日起早贪黑地工作,久坐不起,还时常吸烟。宝晋也刻苦，但不吸烟，睡得也较早。比起夫妇，他们更像大学室友，甚至还有一点隐秘的竞争关系。虽然家长难免拐弯抹角地问过孩子的事，但宝晋暂不做考虑，永光也认为助理教授阶段考核任务太重，无心育儿。永光尊重宝晋，很少在家里吸烟。夜里宝晋先睡了，他就躲在厨房开着抽油烟机抽烟。宝晋不喜欢干涉他人的习惯，但吸烟实在不是好习惯，劝诫过丈夫几回。永光很想戒，但压力大时免不了又抽。后来只许诺，等要孩子前一定戒掉。相处久了，宝晋觉察出永光乏味的性格大概是因为老师的精明与严厉。不论才华还是外形，永光都不如父亲，连身高也比不过。永光父亲也喜欢女学生，据说有私生子，不过都已妥善处理，也没有与发妻离婚，深得同行钦佩。在家庭问题上，永光与宝晋同病相怜，因此他对婚姻家庭有绝对稳重的态度。新婚夫妇相处了几个月，就到了岁末，永光设计了贺年卡片，一张窗台与书架的风景照，康熙字典体竖行写着：

顏永光
曹寶晉
謹賀新年

二人打印出卡片，花了小半天工夫写地址寄出。屋内网购没多久的漳州水仙开了，氤氲着甘甜柔润的香气。宝晋觉得很安详，终于感受到婚姻确切的滋味。

5

是别人给宝晋转发了一个链接，她才知道不久前，韩澄向学院控告钱山对自己有跟踪与酒后性侵的行为，她非常震惊。也有不少人私下找她，询问究竟怎么回事。她不久前才与韩澄约在一家湘菜馆吃饭,因为手头有一个项目,想找韩澄参与。印象里韩澄没有任何异状,依然是笑眯眯的。她快毕业了,应聘了几家大学,宝晋从不担心她。

那帖子里复制粘贴了韩澄控告文件的截图,看样子韩澄交给学院的材料不慎流出。这样的事在学院十分常见,妻子向学校控诉婚内出轨的丈夫,或者直接到学校来捉住自己发现的第三者。宝晋不太敢细看帖子的内容,其中也有发帖人放出的聊天截图,是钱山与韩澄无疑。钱山平时的确有轻浮之处,但也算专注学业的青年,实在很难与跟踪、酒后性侵之类的词联系在一起。不论宝晋读过多少女性主义的研究,对女性的困境多么有切肤之痛,但她到底是传统极了的人。她深知所谓女性解放是一种骗局,女性的身体永远不属于自己,只有坚决的禁锢与自持才可能得到尊重。当然,她不会去评判他人的道德,她只是这样严格地要求自己。女性学者应当泯灭性别,尽量中性,业务过硬,老来才有被称为"先生"的可能。她不赞赏将私事公开的做法,"性侵",这个词触目惊心,她感到强烈的羞耻与同情。她很想找韩澄聊聊,但在对话框反复输入了几回,都没有按下发送键。

她所在的好几个同行群当然不会放过这难得的消遣。"吃瓜""真的假的""谨言慎行不表态,让子弹再飞一会儿",平时清高儒雅、张口闭口学问道德的知识人,面对可以公开讨论的男女之事仍有真诚的兴奋。宝晋强忍不满,一言未发,只是将几段对韩澄露骨的辱骂截图保存下来,也许什么时候用得着。父母离婚的经验很早告诉她保存材料的重要性。但也没有发给韩澄,怕节外生枝,也怕对方尴尬。这些难听的话让当事人看到了又能怎么样呢?

与其他群里的热闹相比,师门群一片死寂,平时喜欢转发老师文章、积极赞颂的学生们都安静下来,没有人主动挑起话头。这几年社会上常有校内性侵的新闻爆出来,加上《黑箱》之类的域外书写和台湾作家林奕含遗著的启蒙,"男权文化之下受辱的女性"的叙事结构已成定式,但那些单薄的词语很快不能承装五花八门又千篇一律的痛苦。网上的帖子讨论越来越激烈,"这女生也不是什么好东西吧,这么久才把事情翻出来,当时怎么不报警""神仙不日打滚逼,这个女生真的有明确说过'不'吗""没有说 Yes 就是强奸?真恐怖,现在男生处境太危险了。这女生也真是,被插的时候明明也爽过吧"。

宝晋忍不住又看了几眼,原来韩澄所指的跟踪竟发生在几年前,某个周五夜晚的聚饮之后。据说钱山尾随韩澄至校外住所,借着酒意纠缠不去,意图进门云云。她敏锐地察知,此事可能会牵涉师门聚饮的习惯,老师会受影响吗?她不仅是老师的大弟子,也是老师的家人。究竟是谁将控诉文件流至网络?应该不会是韩澄,她只是在走校内聊胜于无的申诉程序而已。更不可能是事主钱山。是普通好事者的八卦,又或矛头另有所指?

想到这里,不论是出于保护韩澄的心理,还是为师门考虑,她都断然按下了网帖右下角的"投诉"键,在"投诉理由"中选择了"泄露他人隐私"一项。

不料这个帖子不仅没有被删除,标题还出现

了"已更新反转内容"的修改,宝晋点进去看,发现帖子醒目处多了几张聊天截图,问话者的头像被截去了,答话一方的头像打了码,但她还是认出那是叶雯。

问:"到底怎么回事?钱山平时挺正常的,没看出来啊。"

答:"跟踪之类的我不清楚,但他们关系一直挺好的,可能也不要单听女方一面之词吧。"

问:"你之前一点风声没听说吗,女方要举报的事。"

答:"完全不知道。"

问:"我听说他们俩交往过,这次闹成这样是因为二人分手,女方伤心过度?"

答:"我不太清楚,但是他们关系一直挺好的。我们不要多聊了,都是别人的私事。大家都是成年人,有什么想不开的事应该私下冷静解决,闹成这样太没意思。"

宝晋眼前突然闪过一幕，有一回她陪永光去百货商场的西服店买皮鞋，偶遇韩澄与钱山，当时钱山在镜子前左顾右盼试衣服，韩澄在休息区玩手机。他们都发现了彼此，也点头打了招呼，钱山从容亲切的样子，韩澄似乎有一丝尴尬？印象实在模糊，宝晋无法下结论。他们真的交往过吗？如果是，自己也从未听说过；如果不是，叶雯为何那样说？

她决定与叶雯谈谈，不料叶雯的电话已先打来，开门见山就问有没有听说这桩事。宝晋说大概知道。叶雯忍不住义愤，说方才韩澄找到她，说了一通很不客气的话。"有个学弟来问我看法，我随便说了几句，不知怎么传到韩澄那里去了，这些人是非真多。我一句韩澄的不是都没说，已经克制极了。结果她竟说，同门一场，让我为自己的言行负责。究竟是我要为自己的言行负责，还是她？"

宝晋慎重地安慰了几句，叶雯怒火未消："又不是小孩子，动不动就闹到学校，还闹到网上。她自己无所谓就算了，也不为大家想想，整个师门都被她拖下水。"她意识到自己还不太清楚宝晋的立场，急忙放缓语气，用尽量客观公正的语调说，"其实吃亏的是她自己，在她找工作的这个当口，闹出这种事来，哪个单位敢要她？她也不挑挑时候，怎么不能忍到自己工作定了呢？"

宝晋沉吟："今年钱山也要毕业了吧？如果都毕业了，就不归学校管了。"

叶雯冷笑："就说呢，找学校又能得到什么结果？要真有其事，早该报警，走法律途径解决。这样闹什么结果都不会有的。钱山就比她高一届而已，又不是习惯欺压学生的学阀，学生咬学生，学校肯定不管。她还不如说被哪个老师性侵了呢，照现在的舆论环境，那个老师受到的惩罚才大。"滔滔不绝之际，她突然想起老师从前的艳遇，又想到宝晋年轻的继母，深悔失言，只好把话题重新转到韩澄身上，数落了几句师妹的不识时务，又数落钱山平时看着机灵，居然惹上这种事，也是愚蠢。

宝晋仍关心事实："他们俩究竟怎么回事？"

叶雯哼道："谁知道呢，钱山那边只说是恋爱，还说韩澄这番大闹是因为发现自己和余恬来往过密。把人家小姑娘委屈极了,发誓说自己跟钱山清清白白。"

"是谁传到网上去的?学校对内部控告文件有保密义务吧。"

叶雯笑道:"我们学校什么时候保过密了?我们的学籍信息不都随便挂在网上,要不哪会被大规模诈骗呢。估计就是哪个人闲着没事,随手传出来了。"

"你最近还好?婆婆还在北京吗?什么时候我们聚聚吧。"宝晋转换了话题。叶雯也非常敏捷地不再多谈前事,婆婆血压高,受不了劳累,前一阵已回家。她一人左支右绌,只好把儿子送回自己父母家。丈夫仍没有来北京工作的迹象,经常跟她提起合肥房价不断上涨,应该赶紧买房子。

6

钱山与韩澄之间到底发生了什么,外人永远无从得知。事情在网上闹了一阵,学院也不得不在形式上做出处理,分别找双方确认事实。韩澄的证据很少,说自己因为洁癖,早已删了钱山的短信,只保存了几张截图。有一张是钱山说,自己有她的裸照,让她小心行事。有一张的对话中,韩澄提到自己可能怀孕,质问钱山为何这样伤害自己。钱山回复"就是要怀孕,你才肯跟我在一起"。韩澄泪如雨下,指控钱山故意不采取避孕措施,试图通过让她怀孕来控制她。

面对韩澄的指控,钱山冷静地准备了极丰富的材料,包括西服、领带的购买票据,还有那日韩澄的社交媒体发言截图:"久违地出了门,天很冷,黄叶满地,街头很萧条。"这说明韩澄其实是去陪自己买西服、领带。如果不是交往关系,她怎么会做这样的事?何况社交媒体发言也丝毫不见异状,可见当时的她尚在恋爱的甜蜜中,现在只是因为情感破裂,恼羞成怒而已。钱山提交了与韩澄的大量短信记录,近来对话中的确有韩澄质问,"你怎么总去找余恬"云云。

听闻此事的余恬恨极了师姐的荒唐,竟把自己攀扯进这桩闹剧。在她看来,钱山虽然偶有直男言论,也在醉酒后拥抱过自己,但只是发乎情、止乎礼而已,从未有过进一步的越轨举动。"我认识师兄很多年,他帮过我很多,我从未怀疑过他的人品和学问。"余恬在提交给学校的实名声明书里这样写,这当然出自钱山的请求。

不过时代到底有些变化,有关"男权文化之下受辱的女性"的启蒙叙事已唤起部分公众对女性的同情。尽管不少人认为钱山与韩澄大概率交往过,但钱山有关裸照与怀孕的威胁还是让他迅速声誉失堕。"韩澄固然不值得同情,但钱山也不是什么好人,两个人都活该。"大家得出了这样公允的结论。

学院老师对钱山做了口头批评,也关照老师以后注意校内饮酒的事,万一惹出什么麻烦,现在网络舆论不易控制。韩澄没有得到任何书面文件,一切随着毕业都成为过去。她不再属于这座学校,她在这里受过的侮辱也随风散去。如果她不知道钱山的行为原是不对的,像千百年来温驯沉默的女人那样接受自己的命运,也许就不会感到痛苦,甚至会嫁给钱山。钱山也愤恨自己的失策，他认为自己有很好的自控力，对余恬就没有做过什么出格的。对韩澄——那是爱呀，是女人太可怕，恋爱出现破绽就说自己被性侵。至于故意让她怀孕，也不过是一时的玩笑话，女人就是疑神疑鬼，哪会那么容易怀孕呢？也罢，拥有阴茎即是原罪，都是女权思潮作乱，阴阳颠倒，这个世界对男人太不友好。

永光不喜欢谈论这些私事。有一天在家忍不住对妻子说，我们是不是以前在商场遇到过钱山和你师妹？宝晋点头。永光叹息，那时候什么也看不出来。宝晋道，但也看不出那是交往。永光道，你放心，我从来没有跟人提过我们遇到过他们一起逛街。宝晋淡淡道，学院调查的时候韩澄已经说过，逛街发生在那件事之后，她那时很难拒绝钱山的要求，因为钱山动辄威胁。永光摇头，你师妹看着挺新派，没想到依然被这些思想束缚，我们的环境还是太落后。宝晋庆幸丈夫有这样的认识，虽然这些话只是私下讲讲，聪明谨慎的学者绝不会公开表态。

他们这些人，在学院浸淫多年，虽然天天骂

学院的肮脏虚伪，自嘲清苦的待遇，但到底很难做到断然离开这个世界。他们喜欢"劝退"，对想要试图钻进这条窄路的年轻人百般恐吓，说这条路艰辛，没有利益，你若上了贼船，以后有你哭不出来的时候。韩澄也恨透了这个愚昧世故的小世界，但又不甘心退出，仿佛自己失败了似的，她咽不下这口气。她终于在岭南某省属高校觅得工作，离开了迁延十余年的京城。她与许多人都已绝交，但对宝晋师姐有些不舍。她知道宝晋夫妇待她仁至义尽，只要不主动把刀刺到她身上来，她都觉得是格外的仁慈。二人约在那家湘菜馆，宝晋对韩澄的话仿佛比此前十年的都多，赞美她找到的工作，祝福她的新起点。最后想了想又道，你不要想着离开这个圈子，你若走了，就少一个女生，给别人多留了一个位子。你有这个责任留下来。

"单是女生，又有什么用呢？"

"你这样的女生，就有用。"宝晋突然道。说完自己也红了脸，因为有些肉麻，反显得虚伪。韩澄低头喝酸奶，将眼里的泪忍下去才抬头微笑。

7

六年助理教授的不安即将熬出头,永光的业绩已非常说得过去,在京中也有了些名气。宝晋博后出站找到了讲师工作,没有任期。虽需要为评职称头痛,但没有非升即走的压力,比永光从容不少。老师也通过可靠的渠道得到消息,知道永光评副教授应该没有问题,发表足够,海内外多位学者推荐,天时地利,就等教授会开完公示。

夫妇二人决定,等到宝晋也评完职称,就考虑要孩子的事,再晚恐怕没有机会。那年夏天气温奇高,宝晋家正对着一片小树林,蝉鸣尤其响亮,他们每天紧紧关着窗,从早到晚都吹空调。永光依然忙碌,手头有几部要完成的书稿,成日起早贪黑,烟比从前抽得更多,宝晋也顾不得。有一阵,永光不小心感冒了,起初只是喷嚏流涕,接着是头痛胸闷,浑身酸软,恹恹的总不好。宝晋让永光放下工作,先好好休息。但多年来永光养成了劳碌坚苦的性格,他知道自己天分不够,一旦休息,就落了人后,现在还不是休息的时候。

一日早晨宝晋起来，永光还躺着，她便先去收拾家务、做早饭。诸事忙完，仍不见他起身，便到卧房喊他。"胸口发闷。"永光嘟哝着，还是强撑着起来。宝晋问他好些没有，他说好像好些了。宝晋担心，说感冒这么久不好，该去医院看看。永光一听医院就皱眉，嫌人多，浪费时间。药房里近来开的又总是中成药，或者锲而不舍地给你推荐苗药藏药，没什么用处。那日永光和宝晋都在家工作，夫妇二人各据一张书桌，忙着无数的杂务。开学已在眼前，还需要备很多课。宝晋忽而听到一声闷响，转头去看，是永光伏在了桌上。"累成这样，还是去躺躺吧。"她催促，却不见他动。敲完手头一份表格，她也起身活动，想上前拉永光一起活动，永光却已呼吸微弱。宝晋惊呆，过了一会儿才反应过来应该叫救护车。路上有些堵，等车到小区，担架抬上来，永光已经没有呼吸，软软地被抬上担架。救助流程都很标准，宝晋寸步不离地上了救护车，目睹了抢救的每一个环节。医生非常尽力，最后，白布无奈地蒙上永光焦黄浮肿的脸。三十六岁的永光死于近来年轻人也常见的心肌梗死。

宝晋成了所谓的未亡人,呆若木鸡地参加葬礼。许多人前几年刚参加过他们的婚礼,每年春节都能收到他们寄来的贺年卡片。人生太虚无,老师一夜间仿佛老了十岁,师母抱着宝晋恸哭。躺在那里的永光成了另一个人,因为化过妆,脸上有一层奇异的粉白,嘴巴微张,眼睛似乎留着一隙微缝。宝晋恨不得随他而死,他们没有孩子,她没什么牵挂,也没什么希望。

他们收到许多挽联和悼文。各种公众号,甚至书评报纸都组织了悼念永光的专栏。学术圈失去了一位勤勉刻苦的青年研究者,物伤其类,兔死狐悲。这一代人总觉得人人都能活到八九十岁,学界更是许多精力充沛的高寿老人,常常让人忘记死能这样突然。高寿与顺利的学术道路一样,都可遇不可求。那些早早死去的人,常是早早被遗忘了。各路青年学者纷纷撰写深情悼文,回忆与永光的初识与往来,翻出许多照片。一些医学公众号也报道了此事,提醒人们注意心梗的征兆。长期工作压力、不规律的生活、抽烟喝酒等不健康的习惯，是导致年轻人心梗的重要原因。年轻人务必戒烟戒酒，健康饮食，多运动，避免久坐，尝试自我减压。

撰写悼文的人里也有钱山，经历了早年的风波，他后来还是侥幸留在北京一所市属高校。虽不是他最向往的一流高校，但待遇不坏，已评上副高，妻子是同校的行政人员。他对结婚不置可否，也觉得女人难缠。因受不了故乡母亲的哀求和同事的撮合，不得已结了婚。妻子不乏几分姿色，是东北来京的移民，早有了本地户口，比视外地人为居心叵测吃绝户的土著姑娘平实多了。性在年轻时给了他颇为深刻的教训，因此他专注养生，爱喝补品，每日锻炼，与妻子严格制定行房日程，次数决不能多。宝贵时间要用于打造自己的学术形象，因而也被本校本科生誉为"男神""偶像"——这些词通货膨胀太厉害。他以深沉的笔调追忆颜永光的点滴，用了许多漂亮古典的词语夸赞他，在各种悼文中，算得上文采斐然，也得到不少赞许。同行早已忘记他当年那段小插曲，他自己也早就不那么厌恶韩澄。想到她永远在岭南那样的边缘地带，据说已结婚生子，早已淡出京中的圈子，师门聚会也不来，几乎要被遗忘了——这是另一种令他满意的死亡。他还在这舞台中心好好活着，没有什么比这更安慰人心。

叶雯后来去了南京工作，这是她与丈夫的折中方案。他们的儿子已经上小学，长得很像她，也有一张倒梯形的脸。因为是孩子，倒显得虎虎有生气，并不难看。永光的急逝让她非常震惊，她当然也去参加了葬礼。那时她自己也有许多烦恼事，丈夫生意做得尚好，偶尔在外找女人，这些她可以睁一只眼闭一只眼。但近来似乎有了比较稳定的第三者，对她当然一点风声不漏。而她不愚蠢，也足够沉得住气，默默搜集证据，等待时机。宝晋哀哭的样子让她觉得非常可怜，又有一种可耻的安慰。记得当年曾嫉恨过宝晋的婚姻，怎么想得到镜花水月，人事如此不牢靠。何况他们连孩子都没有。她拥抱宝晋，周到地安慰师姐，回宁后对丈夫态度好了许多，对公公婆婆也体贴有加，人们都说叶雯是极好的媳妇。无论如何，她是幸福的，家庭完满，第三者只要不动摇她的妻子地位，她就可以不用太费心。

正如钱山所想，韩澄确实边缘极了，永光的死讯，她隔了一天才知道。理应赴京参加葬礼，但没有赶上时间，过了几天才在北京与宝晋见面。秋天已到来，窗外树叶虽仍绿着，却渐失了水分，婆娑之声益发锋利。宝晋一身黑衣，头发上的白花发卡还没有摘下。她们也有数年未见，韩澄见宝晋苍白的样子，心中极难过，忍不住落泪。宝晋勉强挤出一个微笑，眼泪已簌簌滚落。她惊讶于自己哭了这么多，眼泪还没有枯竭。

读书时，韩澄与宝晋就没有称得上深刻的交往，虽然一直喜欢这位师姐的宽厚，但离京之后，也没有多少往来的机会。她很想说些什么，就像她离京时宝晋的那句鼓舞。然而什么都说不出口，不知道那些深情的悼文是如何写出来的。她沉默着，握着宝晋的手，又拥抱了很久。

世界仍是那个旧世界，变革的梦早已破灭，原来连螺旋式的上升都没有，只有一刻不停的堕落。无数新偶像与新的神不断诞生，人们仍怀着各色的希冀。自己没有完成的理想，要在孩子身上实现；自己达成的完美人生，孩子也应达成。无根无系的初代平民，则从自己这一代开始重写家谱，传统执拗地留在人们的血液里，煊赫家声是最美好的祝愿。韩澄拜访过老师，顺道查了趟资料，便在南归的途中。窗外是阔大永恒的山河，群鸟低低掠过原野，她的心变得无限轻盈，仿佛寄托在鸟的身上，感受到风的凉意与力度，这一瞬樊笼消失了，她早已消失在繁华的世界。

2020年8月31日

出书记

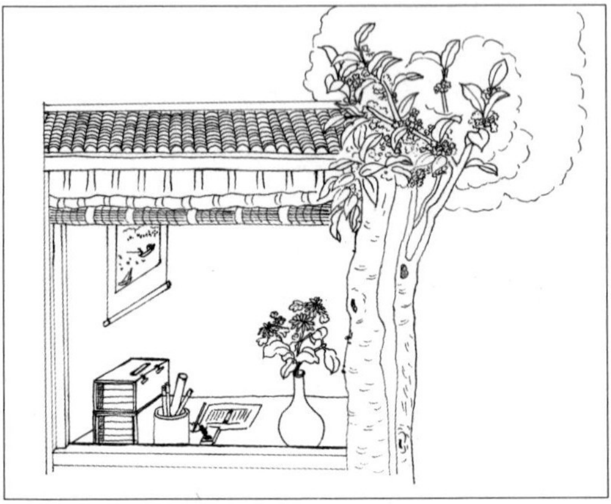

一

父亲去世那年，钱仪吉不过二十岁，惊痛慌乱，近于手足无措。好在妻子助他料理葬仪、祭祀，时刻陪伴在他的母亲身边，为他分担了许多痛苦。妻子也刚刚经历了丧父之痛，对葬礼程式了然于心。那时他还不知道，自己的一生将无数次经历家中亲人的死亡，而从小体弱多病的他，却比大家想象的都要长寿。

转年春日，姑母写信来，邀他去吴江黎里小住，正是适合买舟出行的好天气。他的姊姊刚嫁到昆山没有几年，他给姊姊写信，说探望过姑母，拟北行相会。姑母与他的父亲同胞所生，亲厚非常。而他的祖父一支子孙不多，他又是父亲的独子,姑母对他的疼爱可想而知。他在姑母家每日仍是读书消遣,与表兄弟吟咏唱和,度过了一段悠闲时光。姑母自小跟随曾祖母学习绘画,又得到堂兄指点,笔致极工。仪吉在旁侍奉,亦深觉佩服。姑母画了几幅工笔时令花卉,请人装裱好,要他带给姊姊与妻子。

临行前某日,仪吉偶见姑母在书斋整理文稿,身旁几上有硕大一只丝囊,不由得好奇。姑母道,我何曾写这么多文章,这是一位友人的遗稿。仪吉自小就有搜集遗编断简的爱好,顿生兴趣。姑母准许他阅看,说文稿尚未请人抄写副本,不敢轻易借出去,自己暂也腾不开手处理。姑母的郑重令他紧张,而等他翻看过几卷文稿,也严肃起来:"这位先生已经不在了吗?"

"德卿女史六年前已经故去了。"姑母拣出一纸文章,"这是她丈夫为她作的小传。"

仪吉接过来读完,知道了文稿主人的名字与来历。这位丈夫对妻子的崇拜溢于纸面,夸赞她自小如何天赋异禀,博览群书,又如何跟随长辈走遍大江南北,见识极广。他虽不全然信服,但翻看过部分文稿,也陷入了沉默。钱家世代读书,亦重女子教育,他的姊姊和妻子虽都会作诗自娱,然而质与量都无法与德卿的著述相比。那丝囊中的文稿涵括天文、历算、医学,当然也有诗文词章、友朋书信。仪吉很难相信那是闺中女子的作品,但更难想象是出于谁的伪造。何况姑母说,昔年与姑父侨居金陵时,与这位亡友过从甚密,这一大袋文稿正是德卿死后,她的丈夫亲自托付。

"这位詹先生为何不自己替德卿女史刊刻文稿?"

姑母叹息:"几年前他也去世了。他们很年轻,没有孩子,族中也没有其他人可以做这件事。"

"我竟从未听说过她的名字。"仪吉仍觉不可思议。

姑母笑道:"这不奇怪。闺阁中的名字,有多少能被外面知道的呢?"

因为这一囊文稿,仪吉在姑母家又住了几日。他连日耽读,如坠梦中,由疑惑至惊叹,一时难以形容。他未尝没有怀疑这可能是好事者的托名之作,但最终选择低头承认:"想不到闺中有这样的人才。"

姑母道:"既然如此,不如将来你为她的文稿作序。"

仪吉连连摆首,只说不敢。沉吟半晌,最后选了其中的五卷本《术算简存》,作了一篇短序,介绍德卿生平,尽录其著作名及卷数。刻书并没有那么容易,何况是妇人著作,还不是可以附在丈夫文集后的几卷优雅的点缀,而是数十卷皇皇巨著,很难不惹人非议。仪吉深知姑母也多有踌躇。

二

德卿在世时,就清楚知道自己的著述并不容易出版。不过最初她也不急于整理文稿,总觉得那应该是中年或晚年的事,或许还可以交给自己的儿孙。十七八岁时,她开始收到闺友们寄来的诗文稿,多是向她索序。她一向不太赞成年轻时著书立说,因为学问尚幼稚,论点也薄弱,刊出来徒然惹人轻薄,不过落了闺中女子绮艳哀婉的名声而已。她很厌烦男子对女子诗文的点评,就算是极尽赞美的谀词，也是居高临下式的游刃有余。

她的一位族兄曾把她撰写的游览岱岳的文章混在自己文章里给友人看，被人评为最佳。然而当兄长说这是族妹所作，却没有成为佳话。众人纷纷摇头，说刻意求工，毫无闺阁静气。还有人如何也不相信是十多岁的小姑娘所作，坚称绝对是兄长代笔，要让自家女弟以这种奇崛的方式出名。那时德卿年纪尚小，很觉得不服。与闺友们在信中提及，亦被劝说女子作文之道，片纸不可出闺阃云云。一旦传扬出去，则免不了被误解的命运。何况女子的诗文，一旦经了陌生男子的传诵与想象，岂不是等于清白声誉受损。

她不否认闺友们的顾虑，在回信中也剖白了一番心迹，说自己绝不是要博名，不过是觉得文章之道不分男女，没有什么诗文是男子可写而女子不应写的。有几位朋友很担心她，特在信中规劝，说你的言论太危险，女子原本就应该少碰笔墨，科举是男子的专务，男子读的书、写的文章当然与女子不同，这是天底下最显而易见的道理。我们虽然识字通文墨，但那只是因为有幸生在宽容的父母家。日后结婚生子，断不能为了自己碰这些，而应顺从丈夫的心意，以这点微末的才华辅助丈夫、抚育儿女。

她的闺友们结婚多半很早，有的甚至已守寡。丈夫宦迹稍显的，经常有调动，她们就要拖儿挈女地跟随。近年德卿已作了不少别离诗，以"后晤有期,行矣自爱"等语宽慰友人，只要彼此相契，就不怕相隔天南地北。

某年秋初，忽而收到挚友刘药畦寄自豫章的书信。多年前德卿陪伴祖母远赴吉林，扶祖父灵柩南归，曾路过宛平的表姑父家，结识了表姑父的姨甥女药畦，彼此欣赏，结为金石之交。当时药畦二十五六，已守寡数年，一力抚养幼子，照顾多病的婆婆，吃穿用度全靠她纺织缝纫，生活很艰难。德卿非常喜欢这位温默的姐姐，早听说她会作诗，便缠着求她的诗稿。她推辞再三，只说已无亲近笔墨的心情。十六岁的德卿那时正痴迷作诗，把自己的句子写下来求指教。药畦起先无不说好，过一阵又拿着诗笺，指着当中几处，轻声对德卿说自己的意见。她态度非常温柔，道歉说自己并不懂诗,请德卿千万不要介意。德卿听过之后,满心敬服,求着她讲诗,问她最喜欢读什么,又邀她饮酒、去城外看风景。药畦含着微笑,全部拒绝了。她的儿子还很小,时常生病,的确难以分心。

德卿回南京后给药畦写信,没想到很快就收到了回信,长长的写满了几页,端正细小的写经体,德卿受宠若惊。她们那之后再也没有见过面,信却写了许多。然而这封来自豫章的书信,笔迹却是前所未有的潦草仓皇:"德卿,我近来病骨难支,恐怕再难相见。此刻伏在枕上,勉强给我的挚友写几行书信……"

信里说,我的命运已经如此,并没有什么可说的。但有诗稿一帙,是从我十三岁开始学诗,到二十三岁守寡的那十年间留下。诗稿上留有亡夫删改的笔迹,不忍尽弃。昔日晤面时,你曾向我问诗,如今终于奉上,希望你不要怪我来得太迟。如果可以,还想请你赐序。你我姊妹之交,可以逾越生死的屏障,我将诗稿托付与你,也可以安心离去了。

德卿大惊,忙问送信老仆药畦的病状,那老仆是从药畦舅父家过来的。去年冬天,药畦的舅父舅母怜悯她孤贫,将她从宛平接到豫章。孰料多年辛劳,已耗尽她的心血。"小姐在给您写完这封信的第二天就过世了。"老仆说,"那天是七月初九。"

药畦的临终之托,德卿到第二年冬天才完成。她向人细细询问药畦的生平,抄录了药畦遗稿的副本,反复吟味,终于撰成一篇长序。亲友读后,都很感慨:"此不负药畦所托。"

"她的品行坚洁如此,却没有人为她上旌表,我也无力为她刊刻诗稿。"德卿很消沉。

十四岁的二妹静仪安慰她:"姊姊的文章不同于旌表,因为你们的情谊可以逾越生死的屏障。"

德卿仍忧愁难安。静仪道:"那么姊姊不妨多写文章,至少以后人们可以借由姊姊的文章知道药畦姊姊,而不需要期待虚无的旌表。"

像药畦这样早已萧条的家门,又没有考上功名的孩子为她奔走打点,请人给她作传,自然没有被旌表的可能。世上的女子,高洁苦行,却往往沉埋湮没，至死而不为人知。但德卿自己的家门也很萧条，父兄辈困于场屋，一家十几口人，非常拮据，故乡的薄田所剩无多，暂时不至于潦倒罢了。有时反而怀念往昔在吉林的日子，那遥远的边地语言不同，习俗也大异于故乡，大人们因为料理祖父的后事而常常愁眉不展，很难筹齐归乡的路费。但她那时不过如今二妹这般年纪，因为从小读过书，大家都喜欢她，也惊叹她陪伴祖母千里而来的纯孝。她跟随了当地一位颇有名望的老妇人学诗文，交到不少亲厚的闺友。她知道吉林是异乡，无论多么凄凉，总是可以回去。如今她回来了，该往何处去呢？

三

那一阵德卿闭户不出，友人写信邀她出城饮酒赏花，她也拒绝了，因为忙着编撰关于历算天文的书稿。如果说作诗不缺互相切磋的好友，但历算与天文则是过于冷僻的爱好。这一兴趣来自祖父的启蒙，但祖父去世后，就再没有人可以询问。祖父一生聚书甚多，从吉林回故乡的路上，陪伴他灵柩的还有好几车书籍。南京的屋子太小，就送了几十箱回天长老家，也不舍得卖掉。

逐渐开始有人提起德卿的婚事，但打听来打听去，暂时没有很合适的青年。门第高的自然不可能，太平庸的人家，祖母听了首先就不同意。嫁到扬州的姑母也写信来提起几户人家，但最终都不了了之。

这年秋天，德卿陪伴祖母出游，路过湖州，在一位做生意的族兄家小住，又乘船去杭州拜访一位亲戚。秋已深，因为连日风雨，就在杭州多停留了几天，也因此在钱塘江边偶遇了阔别数年的旧友兰畹。她们都没有想到会在这里见面，兰畹这几年跟着丈夫不断搬家，偶尔有信寄到南京，等德卿回信时，她又换了地方。

雨停了，祖母先乘舟回南京，让德卿在杭州多玩几天。已经是螃蟹肥熟的好时候，菊花到处开着。兰畹这次出行把儿女都留在故乡，没有什么特别的事，遂天天邀德卿饮酒吃螃蟹，写了不少诗。德卿说，真像做梦一样。兰畹笑，可惜其他几个姐妹没有聚齐。

德卿显然有些醉了,倚着篷窗,看外面无穷无尽荡漾向天际的柔波。她说,我们虽然是女子,却有很多机会出来旅行。现在又和你玩了这么多天,真是想不到的浪漫之游。

兰畹笑说,等你以后结了婚,恐怕就不容易了。

德卿说,也不难,可以找个跟我一样喜欢出来玩的人。

你想得很好。兰畹温柔地看着她,原谅她这番不可出闺闱的壮语,来,再喝一杯。

而父亲的确为她找到一位愿意陪她远游的青年,是宣城的詹枚,家境虽普通,但也是诗礼旧族,在乡里有很好的名誉。

家人开始为她准备嫁妆,她提出想回天长旧居一趟,祖母遣了家中一位可靠的老仆陪伴。故乡还住着几家亲眷,旧园梁木将倾,好在祖父的藏书无恙。她在晴朗的春日晒书,这不是一件轻松的工作,很快从里屋到庭院都堆满了书箧书纸。老仆在旁帮不上什么忙,而收拾书架一旦开始就不能中止,她也只好硬着头皮继续做下去。书卷间不时遇到祖父的笔迹,她将祖父批注尤多的几部单独放在一边,想着日后应该整理出来。一位婶母邀她去家里做客,她却在旧屋书堆里不愿出来:"对不起,本来应该去您家拜访,但您看——这些书要收拾完才行。"

"给老沈收拾就好了。"婶母指指老仆,"快走吧,你的表姐妹们都在等着你。"

她有些为难,抬头看天色说,过两日就要下雨,今天必须把书都收好。

"明明是这么晴的天。"婶母拉起她的手,"给我看看,你已经这么高了。"

她轻声笑说,明天的确要下雨。您先让我把书都收回架上,就过去找你们。

故乡的人早已听说过,德卿熟知晴雨天象。尽管婶母疑心是她逃避见客的托词,但也只好等她把书收拾妥当。

"放在这里也可惜,你把这些书都拿走当嫁妆多好。"婶母笑道。

她似乎对"嫁妆"二字有些不好意思,流露出少见的羞涩神情。第二日果然变天,她在雨中拜访了婶母一家。婶母家院内有许多植物，她深感兴趣。回南京的船上，不仅带了祖父的几部书，还有婶母所赠的几盆花木。

四

德卿向父亲细述天长旧居的情形，说自己有意整理祖父遗著。父亲迟疑地提醒她的婚期，并郑重告诫，以后去了詹家，不能花太多精力在自己家的事情上。她沉默了一会儿，将书箧中一叠文稿交给父亲，说这是近日粗粗整理的祖父有关历算的遗文。又将自己书斋中几部书籍与一箧资料置于父亲案上："这些书上都有祖父的手泽，我不会带走，留给哥哥弟弟们研读。"

父亲没有多说什么，未尝不可惜德卿是个女儿。然而他们家的男孩不论读书还是做官，都运气不佳，包括他自己。也许上天就喜欢安排这样的不圆满，偏把足够的智慧留给无法振兴家门的女儿，但愿那智慧可以帮到她未来的孩子。

那年入夏以来，二妹静仪日渐消瘦，延医用

药也不见好转。静仪比德卿小九岁，从小与德卿形影不离。德卿从吉林回到南京时，二妹刚开始学写字，一笔工整的小楷。静仪十二三岁时已会作诗，德卿参加友人的诗会也会带上她。曾有人来她家出售一尊精巧的西洋自鸣钟，全家人无不喜欢，但要价甚昂，最终没有谈妥。一旁默立良久的静仪随后竟将自鸣钟样式分毫不差地画了下来，又以铜片、铁线模造此钟，一个多月后，居然复刻了一只小自鸣钟，连座钟立柱上的花鸟纹样都一一装饰无差。那钟虽不能准定时刻，但可以定点报时，一家人惊叹不已。静仪很遗憾，说可惜不能拆一只钟看看。

起先静仪还盼望参加姐姐的婚礼，但病势日沉。有一天她对母亲说，不必为我准备新衣服了，我大概已经用不上。母亲非常痛苦，只是轻声命她不可乱想。静仪私下对德卿说，实在很抱歉，我已赶不上姊姊的吉日。你不要为我感到悲伤，这是我的命运。我们的命运如星辰运转，早有天定，而死去的只是我灵魂暂住的形骸，从此灵魂自在飘游于天际。德卿想不出什么话安慰她，只是抚摸她的头发与渐至于无的手。

静仪不再愿意服药，不久即水米不进。秋初的一个午后，她静静死去了，果然没有用上准备参加姊姊婚礼的新衣裳。她没有留下多少遗物，那只精巧的小钟也随着一起入殓，此外只是薄薄一握诗稿。德卿不忍焚去，将它们留在了身边。

那年冬天，德卿如期嫁到了宣城詹家。一路乘舟南下，两岸橘柚已熟，风光嘉美。但心中总盘旋着"不见同怀人，对之空叹息"的句子，看去闷闷不乐。好在丈夫性情柔顺，舅姑也宠爱她如女儿。詹家虽用着仆妇，但和她家一样清贫，人口又多，每天都不得闲。她原本不太会烹饪，出阁前跟母亲与大姊学习了如何焖饭、炖煮菜肴，也学了几样简单的米粉点心。准备一日三餐，又要洗涮，消耗了她许多时间。

詹枚道，你来了我家，却都在做家务。

她笑说，这难道不是我本来应该做的。

话虽如此，她每日还是尽量更晚一些睡下，更早一些起来，在家务空隙修订文稿。宣城人也听说詹家新妇有过人的才华，有人递来诗稿求教，有人询问勾股之法，有人想请她教家中小女儿作诗，有人投函邀她赏花泛舟。詹枚见她很少回应，怕她有所顾虑，特地说父母也很乐意你多交朋友，这里虽不比金陵文风荟萃，但也有不少才媛名士。她笑道，那些剪红刻翠的文字游戏，我从前已经玩过了。

詹枚愧道，如果你是男子，必然早已扬名天下。

她不以为然，你这样说，仿佛扬名是好事。但对我们女人而言，情况就大不相同。你没有听到外面总有人说我沽名钓誉，故作奇行吗？我不理会他们，是我狂傲；若理会了，则是我轻浮。人生短暂，没有读的书太多，没有解开的问题也太多，若为了虚无的事消耗心力，则实在不值得。

五

转眼到了次年春天，德卿已习惯了宣城的生活，与詹枚去了一趟北郊的敬亭山。久违的远足令她胸怀大畅，途中随口就有了诗句。詹枚难追她的捷思，和了平淡的几句，有些惭愧。她立刻换了话题，与他回忆往昔在北方见过的山川。詹枚神往不已："你应该都写下来。"

"这些不着急。"她沉吟道，"再等等，也免得悔少作。"

那年夏天，她携詹枚回南京省亲，家人欢喜异常。旧友闻说她归宁，亦纷纷来信相约。不过她心中另有牵挂，即此前从天长带回的祖父遗稿。果然，父兄们虽称女子不能承家学，但也无人有精力整理祖父的文章，徒然令书稿搁置。詹枚早听她说过祖父的点滴，也对老人的笔墨深感兴趣。但她打开书箧，却见书稿竟遭蠹鱼之蚀，想来是很久没人开箱晾晒。她小心翼翼拿起一册，残纸纷纷，不由得感到幻灭。父亲见此情形，也讪讪无言。幸好祖父生前最看重的一部文稿尚存十分之七，她决定立刻动手整理，詹枚表示愿意协助。他们在书斋窗下从早到晚地工作，忙了将近整个月，终于功竣。

父亲责备，你怎么可以连着他一起劳烦呢？

詹枚连连说自己很乐意。德卿淡然道，我怕下次回来，虫吃得更厉害。

南京城里有不少技艺精湛的刻工，但家中一时筹不出刻书费用。德卿托人到市上卖了几件自己的首饰，詹枚也一起出资，终于凑够版木和刻工之费。上版、清样、校字都是德卿与家人完成，如此总算了却一桩心事，她也充分体会了刻书的艰难。

入秋后阴雨不断，大概是劳累了整个夏天，德卿大病一场，无法如期回宣城。托人带信去詹家，那边很担心德卿的身体，捎信说就算年后回去也无妨。母亲也希望他们多住一阵，静仪去世、德卿出嫁，家里一下少了两个人，膝下十分寂寞。

"等你有了孩子就好了。"母女独处时，母亲说。

德卿有点不好意思，避开了母亲的视线。詹家风气简朴，詹枚也没有侍妾。这对德卿而言固然是好事，但延续家族最关键是要生育众多，她担心自己一人没有这样的精力。不过对于新婚不久的夫妇而言，考虑侍妾实在思之过早。

过了重阳节，天气总算转晴，她的身体逐渐康复。母亲想留他们在南京过完年再回去，但父亲说岂有出嫁的女儿还在父母家过年的道理，连连催他们启程。他们在晴朗的初冬登船，江水澄净，沿岸尚有红叶与残菊，丹柿与柑橘类果实照亮灰蒙蒙的冬景长卷。是德卿出嫁时一路所见的风光，但此番因为有詹枚同行，心境大不相同。回想那年与兰畹说的豪言，所幸没有落空。

她在舟中给兰畹写信，也提到这笔，说如今确实有愿意跟我一起出来玩的人，真希望与姊姊重逢。

詹枚问她："你在笑什么？"

她正色，急忙覆住信纸，并不想让他看见这节："没有什么。"

詹枚没有强烈的好奇心，既不让他看，便悠然避到窗边看江景。德卿松口气，匆匆写完信，结实封好，又仿佛不好意思似的，也缓步来到窗边。詹枚指着岸边竹树掩映的一户人家，告诉她那是他一位族叔营建，叫江上草堂，语气很钦佩。

她回忆说，故乡旧居从前有一位韩姓园丁，种得极好的果蔬花木，祖父非常欣赏他。这位老韩冬天储存芋稷为粮食，春天以百花酿酒，闲来与祖父谈古论今。春天与秋天晴好之日，总是喝得大醉，在园中拍手唱歌说，藜藿之食，可以充我饥；毳筕之服，可以为我衣兮；衡门圭窦，可以乐我志兮；吾无愁之欲问天，亦无忧之欲埋于地兮。

詹枚对"吾无愁之欲问天，亦无忧之欲埋于地兮"一句赞赏不已，要她再唱一遍。他们都有避世归隐的心，憧憬着找个清静的地方读书养老，不过现在想这些，似乎也太早了。

六

他们迟迟没有孩子，詹家父母倒不急。母亲仿佛要为此承担责任似的，私下问她要不要考虑侍妾，还帮她观察詹家同族兄弟中有谁家的孩子适合过继。既然夫家不为难她，她也觉得不必费心，辞却了母亲的好意。

詹枚屡劝她整理文稿，她仍说不忙。外间渐有传言，说詹家新妇不事家务，每日沉迷读书著述，对丈夫舅姑亦多不敬。詹枚颇不忿。她说，这算什么，千万不能理会。詹枚对天文、历算等一窍不通，阅读她的文章，多有不解之处，深觉惭愧。

她道，这也不怪你，历来也没有什么算法、天文书写得简明易懂，坊间书籍错舛太多，考试亦没有这项科目，自然没有多少人探究。我如今就想编几部儿童都能读懂的天文书。

"天文之道是禁例，向来普通人不可以讨论。若让外间知道，不知还要怎样传说。"

她不以为然："我觉得不是要禁止人们研究、测算，而是要禁止人们臆造。比如有人说，寰宇都是水，平地浮于水上，圆天包在方地之外，这就是极错误的看法。我们头上所见的天体，原是一片浑圆；我们脚下的地面，也是一团浑圆，正居天体之中，且比天要小很多。所以人在地上，看到的天与平面无异，但我们并不能以这目力所见的平面去臆测天地的形状。"

詹枚不解："若地是圆的，人怎么站得稳，又如何不掉下去？"

她笑道："我喜欢这个问题。地虽是浑圆的一个球体，但四周都是天空。地虽比天小很多，但比人则要大至无边。因此人在地上,觉得自己脚下所居是方正之地,绝不会站不稳。而世上任何地方的人,头顶都是天,脚下都是地,因此也绝不会掉下去。"

詹枚勉强理解:"就算真是如此,你如何证明?"

她道:"这也不难,用简平仪测天星,其二百五十里差一度,即可知地圆无疑。"

詹枚摇头:"这说法太惊人,还是不要让外人知道为好。"

她笑道:"这并不惊人,早有人论说过,也不是我的发明。不过我还有许多问题没有想明白,譬如为什么无论我站得多高,都无法如鸟一般扶摇而上,而总要坠往地面。"

詹枚急忙阻止她的奇想。她又道:"譬如地既是圆的,若我从此地出发,一直东行,是否还会回到原地?可惜地之宽广渺茫无际,我穷尽一生也不能亲自检验。"

比起谈论这些玄奥的道理,詹枚更乐于她作诗文。但她的诗文又比自己好太多,纵然她颇以夫妇联句为乐，他总觉得惭愧。有一年岁暮下了大雪，院中梅花盛开，她随口吟道："晴门闲坐启窗纱。"韵不难，他续了几句，她笑说："香倾竹叶开新酿。"眼前确实有他们新开的酒坛，他冥思苦想，喝了几杯酒，最后只得了"岁晚风光真大好"这样平淡的句子，实在不甘。他诚恳地说过几次，想跟她学作诗。她断然拒绝，说自己的诗不好。"若是天文历算，倒可以勉强教你。"

七

虽不愿意教詹枚作诗，然而数年后的春天，德卿还是同意了一位本地青年跟她学诗。那青年偶然在长辈处读了德卿几首题赠诗，大为倾倒，并不以外间传言为意，辗转递上诗稿，写了长信向德卿请教。

他大约与静仪同年所生，诗句娴雅端正，笔迹亦庄重谨严，屡屡令德卿想起静仪。如果静仪在世，会不会更添一段热闹？这联想令德卿神伤，也令她对那青年采取了难得温和的态度，细细为他评点诗稿,并回复长信,详论作诗心得,一如昔日药畦待她的好意。

青年收到覆信,感激得难以形容,无论如何都要拜见德卿,尊她为师,并苦求她赐下诗集习诵。听说她并未刊刻过什么文稿,暂也无此打算,就恳请她改订文稿,早日刊行,并说自己愿意校刻出资。德卿自然不要这青年为自己花钱,不过詹枚也趁此机会劝她出书。这些年来,德卿身边亡故的亲友逐渐如落花一般多,她自己的健康也远不如少年时,甚至有整个月卧床不起的时候。从前遐想过的可以为自己编文集的儿孙自然不存在,这也让她终于下定了整理文稿的决心。

对于少年时的文章,她格外苛刻,十之八九都要弃收。詹枚拾起来,可惜道,这篇不是很好吗?

"诗原来有三千余首,但夫子大刀阔斧,删得只剩下三百篇。照此标准,我们又有什么文章值得留下来,又有什么是不舍得抛弃的呢?"

道理说不过她。詹枚把她未选中的诗文都另收一匣,以示珍藏。不料她却毫不顾惜地将自己不要的篇章掷入火盆。詹枚抢救不及,懊恼说,敝帚自珍，你不要也不必烧掉呀，我把它们放到你看不见的地方去。

"以后写更好的。"

听说她的近况，亲族中也有微词。家计日益艰难，婚后多年亦无儿女，却只想着自己出名，甚至以外姓男子为学徒，实在不成体统。而她一概淡然处之，"自是怀抱偏耐冷"——在给友人的信中这样宽慰对方。

转年春天，她病了很久。夏秋间，文稿终于初具规模。虽然还有不少遗憾，但她决定给这迁延一年有余的工作暂画上句号，遂于中秋之夜写下序文。

"无论是诋病我，还是赞赏我，都随他们去吧。"

那年冬天，她又病倒。原以为只是过于辛劳，休息一阵就好，竟至于沉重难起。詹枚四处求医，却回天乏术，已到了告别的时候。德卿示意他不要惊惶，缓缓执起他的手，向他道谢，又叮嘱说，我的文稿修改得也算精心，但以我们家的情形，恐怕很难出版。请务必将我所有文稿转交吴江蒯氏夫人，以她的人品家世，我的文字或许还有留下来的可能。"你不要难过,我只是稍早乘舟去天上罢了,日后我们还会相见。"

此后她不复言语,气息渐微,不多时便死去了。

从前她曾说起祖父的园子,开辟了一大片池塘,造了一排小屋,比拟作池上之舟,起名叫"舫寄"。她也曾多次提起旅行至各地,在江河中乘船夜游的经历,在船头仰望无限星空。

"我们难道不是在无穷的天宇中行船吗?"她携詹枚观星时,曾这样说,"'满船清梦压星河',这句诗看似是无稽的醉话,讲的却是人在寰宇星空里的位置。"

八

仪吉重见德卿遗稿,距那年在姑母家已隔了二十余年。这二十余年中,他经历了姊姊、母亲、兄长、妻子、儿女……无数亲属的死亡。这一次离开的,是他的姑母。接到讣信,他痛哭不起。然而京中公务繁忙,家累也重,他无力南归,只是撰成一篇哀伤恳切的墓志,与奠金一起寄去吴江。

数年后,他因罪被免去官职,穷困离京,归乡小住,这才有机会去吴江祭拜姑母。姑母遗物中,正有德卿那一囊遗稿。据说姑母生前托家人一定转交仪吉保存,因他多年来搜集家族史料无数,不隐恶,不虚美,亦尊重女子撰述。

仪吉很遗憾没有在姑母生前听取更多德卿的故事,也曾托人打听詹枚家有无后人,一概杳无音信。更可惜仪吉后半生充满颠沛,客居开封,至死未能回到念兹在兹的嘉兴故里。别说出版德卿遗稿,就是自己的诸多诗文稿也没有着落。

许多年过后,有人从仪吉后人处见到了传说中的德卿遗稿。诗词集尚好,而读到天文历算部分,尤其是辨析地圆之说、讲解月食成因等篇,绝不相信,认为这定是后人拼凑的伪作。

"如今科学昌明,人人都知道地球是圆的,月食是如何形成,但数百年前深闺中的女子绝不可能知晓。这文章定是哪个好事者想创造一段佳话,寻常有才学的闺秀已经过时,这次是捏造一个女科学家。"

"又或者是这个叫德卿的女人太想出名,把

别人的文章冒充是自己的。"

不过当年,仪吉的伯母金孝维,也是一位出身名门的闺秀,早从小姑处听说了德卿遗文,曾借来阅读。因而遗稿卷端有她的题诗:"宏才茂学兼多艺,闺阁应传绝代名。若使斯人今尚在,不辞苍鬓拜先生。"这首诗收入了金孝维的文集,并有幸早早出版,白纸黑字,说明德卿的确不是虚构的人物。

人们将信将疑,终于出版了德卿的遗稿,这距她死去已过了一百多年。

2021年5月29日

花神

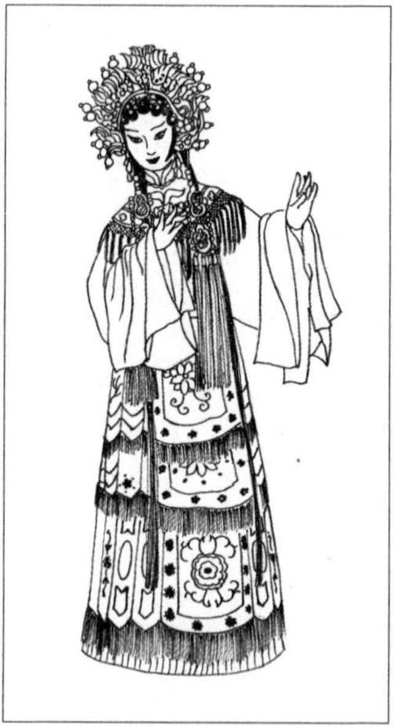

1

早听说著名的薛导演要斥巨资排《牡丹亭》，演员将从院里挑选，先全国巡演，之后拍成电影。导演不是等闲之辈，知道其他戏都不如《牡丹亭》认知度高且讨人喜欢。这种事过去院里也很常见，有人得了资助要来排新戏，有时是久无人搬演的传统剧目，有时是热门古装剧改编而来，还有这几年尤其受欢迎的革命戏。

开年后，雪还没有化尽，薛导演的团队就浩浩荡荡降临了院内。地方政府非常重视，新闻、电视台隆重报道，赞曰"以中华优秀传统文化培根筑魂的盛事"。薛导演功课做足，看起来非常有诚意，请了已退休的几位国宝级老先生出山担任艺术总指导。

杜丽娘选谁?院里青年一代最拔尖的演员是朱溪,小学毕业后就被千里挑一地招进戏校,主工闺门旦,兼工正旦。毕业后留在院里工作,已演了很多戏,获了各种青年奖项,经常代表省里去北京参加比赛或汇演,偶尔也出国演出。领导把她郑重介绍给薛导演,"小朱是我们院的台柱",并非虚词。薛导演也很客气,连说久闻大名,早在网上看过她的戏。

却有风声,说导演看中了刚毕业的黄佳芸。她入职不到两年,还没有排过什么大戏,嗓子条件也一般。据说导演认定她年轻,扮相优美,更适合大荧幕,肯定有观众缘。起初朱溪不大相信,就算导演不懂,也要看看专业人士的评价吧。想不到最后演员表出来,杜丽娘真的是佳芸。"我们还要请老先生好好打磨,她一定是最好的杜丽娘。"导演很自信,这样应对外界质疑。小圈子里的戏迷向来认可朱溪,觉得佳芸的水准太稚嫩,身段也过于软媚,讽刺导演纯属外行人瞎折腾。

佳芸最初很惶恐,谦称经验不足。但等到春

暖花开，剧组开始封闭式排练，在众人见证下，佳芸向德高望重的"昆曲女王"俞前韵行过拜师礼，一切也名正言顺起来。朱溪被安排演众花神中的一个，也就是杜丽娘、柳梦梅梦中欢会之际，守护在他们身边的龙套。有人为朱溪抱不平，也有人怂恿她去跟领导闹，至少应该争取到B角。戏迷们在网上分析得头头是道，这个导演实在不懂，只知道看脸，一味迎合大众审美，真是传统文化的悲哀。黄佳芸固然年轻好看，但唱腔、做功比朱溪弱得不是一点半点。也有阴谋论，说黄佳芸有背景，因此能轮到这种好事。

众人叹息朱溪的不走运。也有人指出："朱溪扮相确实老了点，黄佳芸的脸也是天分，何况她现在拜了名师，前途不可限量。"

朱溪的老同学金晏也被分派了演花神。她最初学的是小花旦，后来个儿长太高，不适合演丫鬟。老师先让她改学闺门旦，后改武旦、刀马旦，总算独树一帜，人们不会把她和朱溪放在一起比较。她安慰朱溪说以后机会多得是，这次遇到个不懂行的导演罢了。朱溪固然委屈，但事已至此，抱怨反而可笑。见她沉吟不语，金晏很贴心，抚着她的背又劝慰了一阵。一时又冷笑道，小姑娘现在是出人头地了，以前见了我们都殷勤得要命，最近拜了名师，辈分比我们都高了。

"你说院里也是不周到，这么好的机会，为什么不让你一起拜？俞老师又不多你这一个学生。"金晏道。

"我又不是主演，哪有那么好的运气。"话说出口，朱溪就后悔了，因为怨气冲天，被人听到也麻烦，只好起身去练功。但花神没什么可练的，那边佳芸紧跟在俞老师身后，从头一点一点学。聚光灯已打在她身上，她被众星捧月般，朱溪则在黑暗里。

俞老师是朱溪的启蒙老师季前映的师姐，早些年就去了上海的剧团工作，名满天下。以前经常回院里指导教学，或演几折戏供年轻学生观摩研习。朱溪也向俞老师请教过，但并无师徒名分。要说拜师礼，原是所谓旧社会陋习，早就不讲究。但这些年忽又时兴起来，最开始只是鞠躬，后来甚至跪拜。年轻人拜了名师，可以学到技艺；名师也愿意挑聪明有前途的徒弟，将来可以光大自己的门户。

2

在俞老师极细致的指点之下，佳芸进步飞快。入夏后正式彩排，薛导演请知名设计师打造服装，又请非物质遗产传承人刺绣、剪裁，舞台效果华丽典雅，相当不俗。院领导大喜，觉得这出戏成功在望。主演们也加倍起早贪黑，全身心投入排练。因为要排这出大戏，院里对原先定时演出的折子戏当然不上心，笛师、鼓师也不够用，只好减场，朱溪、金晏等人常被遣去演这些戏目。戏迷录影后上传网站，感慨说"看来看去，还是朱溪姐姐功夫最好，却得不到黄佳芸那样的好机会"。

这出新戏定于中秋夜在上海首演，定妆照与宣传短片早已在本地园林内实景拍摄。一时佳芸的杜丽娘形象遍布城内各大广告牌，从小城去上海的高速路两旁和城铁站内都能看到佳芸的一颦一笑。"新生代昆曲传承人""昆曲女王俞前韵先生亲传弟子""著名导演倾情打造青春经典《牡丹亭》"云云，原先说绝对不要看外行人瞎折腾的戏迷，也忍不住抢购了戏票。

首场演出大获成功，演员谢幕时观众起立鼓掌，薛导演请老先生们上台，以示礼敬。黄佳芸一手被俞老师牵着，另一手抱了满怀的花束，大梦方醒般，向四方行礼。至于众花神，只能在边上做背景，迟迟站位，早早退场。

随后是接连不断的巡演，国家级、省级剧院，各地高校舞台，场场爆满。人们感慨，多少年没有这样的盛况，薛导真有眼光。佳芸的杜丽娘俘获诸多观众，新晋戏迷们自称"云朵"，凡有佳芸的演出，必要送花篮、花束，热热闹闹摆满台前幕后。佳芸的确红了，无数荣誉涌向她，年度文化新人奖、戏曲青年金梅奖之类，直拿到手软。更有各种奖金，她隔三岔五给慈善项目捐款，很得好评。市里省里轮番请佳芸去开会表彰，她在镜头前款款立着，早脱去了往日的青涩。

金梅奖是这个行业最有分量的奖项，朱溪只在刚毕业那年拿过省级的"小金梅奖"。虽说拿青年金梅奖也是早晚的事,但如今资历比她浅、年轻好几岁的佳芸竟先她一步摘得桂冠,难免失落。领导、同事亦觉朱溪时运不济,少不了说些鼓舞的话,但这样更显出她可怜。同事们纷纷转发佳芸获奖的新闻或采访,朱溪不想看,但铺天盖地弥漫到眼前。自己若跟着转发,实在没有大度到这个份儿上;若装作没看见,又怕别人说她嫉妒,最后也只是点了赞而已。她早应认清现实,自己彻底错过了这次机会,往后人生每一步可能都要落在佳芸后面,职称、评奖、待遇……在这狭窄的小世界。不能细想,真喘不过气来。

这些失意跟丈夫也无从说起。他在建筑设计院工作,是她的戏迷,曾经场场不落来看她的演出,以赤忱打动了她。对于她的婚事,同事家人都很赞美。在她的小世界,同行结婚的很常见,因为圈子太小,练习与演出又太忙,不容易与外界接触。姿容出众的女演员比较容易找圈外人,男人喜欢她们的美貌,并不在意她们体制内菲薄的工资。而清俊小生在婚恋市场反而不太吃香,虽不乏富足的中年女人邀他们出去参加私宴,但混久了也没意思，既没有名分，也惹人议论，特别是可能得罪年轻粉丝。最好还是跟同行结婚，感情稳定，作风正派，调情只限于舞台，才更招人喜欢。

朱溪同学里有好几对结了婚的，也早有人跟她表达过好感。那时她心高气傲，专心演戏，认为还不是谈恋爱的时候。他们刚留在院里工作时，领导反复叮嘱年轻女演员至少三年内不能怀孕。院里好不容易培养出一批青年演员，一怀孕就耽误演出，等复出不知要练习多久才能找回黄金状态。年轻女孩子们知道领导说得很对，不评上职称就被生育绊住，以后很难熬出头。因此个个争气，绝不敢轻易怀孕。

3

春节前，朱溪与丈夫一起去季老师家拜年。老师快八十岁了，一向瘦得厉害，好在精神极健。师丈退休前是院里的笛师，话很少，慈眉善目的样子。季老师裹一件紫色羽绒服，外面是格子罩衫，身前口袋绣了一只熊。她忙进忙出准备点心茶水，朱溪要帮忙，她根本不让，连说你去坐，过歇一道拍曲。做学生时就是如此，经常来老师家，老师和师丈准备吃的，不让她插手。吃完后，师丈撅笛，老师教曲，先示范一遍，再让她唱。季老师教学严格，对爱徒更是苛刻，若吐字稍差，即立刻纠正，毫不含糊，必达准确无误而止。骂起学生也一点不客气："教了许多趟了！"学生们没有不畏惧的。师丈极温静，一支曲子不知反复吹多少遍，直到季老师认为学生终于唱得过关。这日季老师说想唱《小宴》，两支《泣颜回》拍罢，季老师笑道："今日小盛也来了，我们还是讲讲闲话比较好，让他光在边上坐着也无聊。"

朱溪丈夫盛启华毕恭毕敬地说："哪里会无聊，听老师拍曲多有福气。"季老师说话直接，对朱溪笑道："照我说，你也该想想小孩的事了。"朱溪有些窘，知道老师的意思是眼下也没有轮到她的大戏，反而是生育的好时机。老师有一儿一女，都在上海工作，去年孙子也结婚了。朱溪勉强笑道："我们还不着急。"

季老师道:"小盛不说罢了,男人家没有不着急的。我晓得你想先评上职称再说,但反正早晚都会轮到你,先要小孩也好的。"

"以后的事情讲不清楚,评不上一级,不敢要小孩。"朱溪脱口而出,立刻后悔。因为季老师到退休都是二级演员,老早以前评职称时,因没有出国演出的经历,没有评上一级。后来年轻一辈机会好得多,四十岁前评上一级不是难事。季老师早已看淡这些,也不觉得二级有什么不好。但朱溪所生的年代不同,不能接受自己在二级的平台上耗太久。她对职称原来并不焦切,因为评上二级时还很年轻,深受同仁钦羡,也觉得一级是早晚的事。但自打佳芸得了金梅奖,院里有人提起佳芸下一年就可能评一级,这令朱溪烦闷异常。同行评上一级的平均年龄大概都不下四十岁,朱溪原本离这个时限还有充足的余裕。但佳芸的异军突起使得这个时限可能直接被拉到三十岁——朱溪已经越过的年龄,永远不可能弥补的差距。她一直是优等生,一路比别人走得快,也比当年的老师快,好像理所当然似的。现在她的身后有更年轻的人飞快追来,可能已超过了她,她还不愿承认这种剧变。

季老师剥好一只砂糖橘放到她手里,宽慰道:"今天你们来,我很高兴,哪个年纪大的不想看儿女有小孩,就随便说说。什么时候要,最后肯定还是你们自己拿主意的呀。"又道,"我听说俞前韵收了黄佳芸做徒弟,你要是想跟她学什么戏,我去打个招呼,简单的。"

正月过后,朱溪利用周末的时间去上海跟俞老师学了几折戏,没有行拜师礼。俞老师非常和善,倾力相授,夸她刻苦、天分高。他们这一行不忌讳转益多师,能学到谁的戏、学得几分,全看各人运气和悟性。俞前韵和季前映最初是一个学校里教出来的,都工闺门旦,不过风格各异,擅长的戏目也不同。俞前韵很早去了上海,深得上海方面雍容华美的风范,早就领了国家津贴。季前映一直生活在小城,年轻时唱过评弹,兼演苏剧,吴语口音很重。不乏极其痴迷季老师的曲友,说她吐字归韵恪守传统,唱做典雅醇熟。也有几个上海曲友特别不喜欢,在网上孜孜不倦讽刺了十来年:"雨丝风片唱成雨丝风屁,笑死人了呀。把个百戏之祖搞成个蹩脚地方戏。"外行戏迷似懂非懂,跟着一起嘲讽,唯独如此才显出慧眼独具。

薛导演决定在仲春时节借园林实景拍电影版,一切顺利,前后只花了三周时间。各地剧团也深受这出戏的启发,纷纷效仿,四处寻觅经费。院里因这出戏出足了风头,领导无不称心,凡有演出邀请,即全力以赴。至于往常定期安排的折子戏,本来就票价低廉,既谈不上盈利,又难赚名气,何妨减少投入。这意味着朱溪她们要继续跑花神龙套。

一晃就是年末总结,领导发话,新一年要借鉴《牡丹亭》的成功经验,继续排精品戏。传言要排《白蛇传》,计划在下一个端午节演出。其中《水斗》一折有不少武戏,朱溪刚从俞老师那里学来,已然熟习。领导私下说,白素贞嘛朱溪最合适,小青也现成的,让金晏来。

"跑了两年龙套,总算有盼头了。"金晏很期待,她也等着评职称。

4

过完年,佳芸的《牡丹亭》又进入巡演季。某大台的著名编导来拍纪录片,院里领导非常欢迎。有一回在北京演出,摄像机镜头不知怎么对准了刚下场的花神,并锁定了朱溪。

"朱溪老师您好,我们知道以前您是剧院的台柱,演了无数回杜丽娘。但这次的《牡丹亭》您却演花神,是否存在一种心理落差?"不知为什么会有这样不怀好意的问题。

"我们昆曲演员的职责就是演好属于自己的每一个角色。"她开始还知道避开锋芒。

编导不想轻易错过这种戏剧性场面:"对于这版《牡丹亭》的杜丽娘,您有什么看法?"

"她进步蛮大的。"朱溪措手不及,勉强说出一句在自己看来已经非常客气的话。

"作为一名传统艺术从业者,您是否会介意被人比较?"编导不知哪里学来的风格,偏偏不依不饶。她知道自己应该克制,或者干脆逃走。但那一刻很难压住心头的愤懑委屈,陡然变色,没好气地说:"谁不介意被比较?介意又怎么样?你呢,介不介意自己被比较?"又伸手挡开镜头:"别拍了!谁允许你拍的?"那边顶着花神头饰的金晏听见,赶紧过来看情况,很客气地跟编导打了招呼,拉着朱溪回后台。

在梳妆镜前坐下,朱溪肩膀微微颤抖:"还要怎么样,让我演花神我也演了!跑了快一年的龙套!"

"好了好了,别让人家听见。"金晏机敏地说,"那个人都问你什么了?我也没听清,别理他们。"

朱溪拼命屏住眼泪,只顾卸妆。金晏道:"还没谢幕呢!"

"也不少我一个。"朱溪恨恨道,"帮我请个假,就说我不舒服。"她收拾好东西,起身回酒店休息。少一个花神谢幕确实无关紧要,也没人注意到她不在了。

不过后来还是有人发现了这个细节。纪录片上映后,当中除了佳芸的成长经历与拜师场面,还有一小段提到演花神的龙套。偏偏有一个舞台特写,放大了诸神中面无表情的朱溪。其他花神都笑盈盈,唯独她拉着脸,机械地动着嘴唇,甚至怀疑她没有发出声音。她自己也吓了一跳，原来真的一脸不满？

"不是每个人都有黄佳芸那样的幸运，毕竟杜丽娘只有一位。曾经一直演杜丽娘的闺门旦朱溪，在这版《牡丹亭》中，只能演跑龙套的花神。最初也有人质疑薛导演的选择，为什么要起用一位舞台经验尚浅的演员呢？"旁白柔声道。

接着插入一段薛导演的采访："我觉得黄佳芸有一种特别娴静秀美的气质，她和杜丽娘是同龄人，没有什么比这一点更重要。我们要让更多的观众接受传统艺术，就应该用一种更一目了然、更美的方式去呈现。我想这版《牡丹亭》的成绩，已经证明了我的选择是正确的。"

随后是朱溪的那段采访，不过稍加剪辑。

"对于这版《牡丹亭》的杜丽娘，您有什么看法？"

"她进步蛮大的。"

"以前您是剧院的台柱，演了无数回杜丽娘。但这次的《牡丹亭》您却演花神，是否存在一种心理落差？您是否会介意被人比较？"

"谁不介意被比较?介意又怎么样?你呢,介不介意自己被比较?"

镜头下的朱溪脸上浮着油粉,细纹格外刺目,哀苦尖刻的神情仿佛马上要哭出来,显得异常憔悴。她也觉得自己这副样子触目惊心。

佳芸的戏迷们看到了这段,不知是谁又敏锐地侦破那天演出后谢幕的花神里少了一个。网上炸开了锅,一时八卦横飞。

"那人不知道自己一脸大妈相,演花神我都想吐,居然还想演杜丽娘?"

"公演不谢幕,也太不专业了,他们领导怎么说?"

"轮得到她来点评俞先生嫡传弟子进步不进步吗,她以为她是谁?"

"这都几年了,还没接受现实呢?不满意找导演呀,我看她唱得也没多好吧。"

也有人提供独家黑料,说些真真假假的消息,比如朱溪一直给佳芸脸色看,私下总说佳芸水平怎么不行,一面妒忌佳芸拜师,一面自己倒去巴结俞先生。"但俞先生根本没理她。"

为方便围观群众迅速把握事态，热心网友截了纪录片的图，发挥考据精神，翻出以前的各种采访，标注高亮，去某问答网站回答诸如"如何看待朱溪在纪录片里的表现"之类的提问。很难相信真有这么多人关心这种圈内琐事，更像自问自答。丈夫劝朱溪不要关注："那些说不定都是小号，你关注还给他带流量，不理他过一阵就好了。"

道理她都明白，但忍不住拿起手机搜索。看到那些詈骂，心脏怦怦乱跳，震得耳鼓嗡嗡闷痛。几天下来，与她关联的搜索条目变成了"朱溪发飙""朱溪黄佳芸之争"。总有不知道哪里冒出来的知情人绘声绘色讲述更精彩的内幕。某年某月在某处后台看过朱溪，对工作人员态度如何差，如何目中无人。某次采访如何自称是俞老师弟子，其实真正的授业恩师是季老师。的确有过这样的报道，记者写，"青年演员朱溪告诉记者，能得到俞前韵这样的名家亲授《长生殿》《白蛇传》，既欣喜又充满压力"。这是实话，但材料经过一番不寻常的解读，已成了她背叛恩师，嫌弃恩师是二级演员，让季老师伤心云云。她气急，认为这是恶劣的构陷，一会儿说要报警，一会儿又要找纪录片制作人打官司。若不是丈夫极力阻拦，差点实名发澄清说明。

到底是些什么人？点开那些爆料帖看评论，发现有个熟悉的账号给爆料点了赞——居然是金晏，她险些截图质问。而金晏对她一切如旧，丝毫没有异样。近来金晏开通了视频号，"昆曲金晏"。直播几支人们熟悉的曲子，或分享练功房挥汗如雨的片段，也应粉丝要求唱时下流行的戏腔古风歌曲，收获粉丝无数。或许是刷手机太频繁，无心碰到的吧。朱溪极力说服自己，但还是跟金晏冷淡了下来。

那一阵朱溪疑神疑鬼，觉得院里人人都在议论自己。与佳芸免不了见面，彼此很有默契，早已互不理睬。三年过去，佳芸已是一级演员，院里真正的台柱。小剧场偶尔演一场折子戏，也有各地戏迷飞来一睹芳容，全程录像、拍摄，制作大量美图，当晚就分享到各大平台。评上一级之后不久，佳芸结了婚，与一位追求她很久的剧作家。新闻甚至报道了这场隆重的婚礼，"本市著名青年昆曲演员黄佳芸大婚",等于明星待遇。

粉丝不肯饶过朱溪,要求她向佳芸道歉,不断在微博圈各路人马关注。幸好昆曲还是太小众,加多少tag(标签)都没人理睬。少数老戏迷提醒粉丝心态不可取,"她们毕竟是同事,这样闹下去黄佳芸也尴尬的",并指出纪录片编导提问太不专业,有挑事嫌疑,根本没有必要挖掘这种细节。一般来说领导不关心网上的言论,并不知道闹成这样。但纪录片里朱溪发的牢骚已是覆水难收,领导叹气:"小朱啊,看你平时也挺沉着,怎么关键时候拎不清呢?"

朱溪道:"我是拎不清,三年没有演像样的戏,还老老实实在这里受气。"

"我们院是一个整体,要顾全大局,集体兴旺了个体才有前途。"领导说,"今后我们还要排很多戏,创造很多成功,每个人都有机会。"

但白素贞的A角依然给了佳芸,领导宁愿等她跟俞老师现学。考虑到佳芸武戏功底薄弱,不惜删掉许多武打动作。朱溪辛苦练熟的程式都用不上,节目单上轮到她的场次也寥寥可数。找领导诉苦，领导说有个好机会等着你，院里马上要排新编戏《白毛女》。

朱溪冷笑："这种戏谁演谁讨骂，这么好的机会怎么不给别人？"

领导很不快："怎么就讨骂了？这是献礼重点剧目，给你演算你运气，你今年还想不想评职称了？"最终《白毛女》的戏也没有轮到朱溪，这出新编戏连龙套都没有。

金晏帮她出谋划策，说你毕竟在纪录片里说了那种话，惹来不少是非，肯定得罪了领导。找机会服个软，请他们吃个饭，诚心诚意道个歉，可能就算了。又宽慰道，说到底还是要想开点，时代不同了，路子多着呢，要不你也来开视频号？金晏最近人气很旺，对短视频很有心得，好几家品牌找她合作，听说还有电视台请她参加真人秀。大家都有光明的前途，只有朱溪陷于无谓的泥淖，哪一步开始走错了？实在悚然。

5

盛启华接到公司总部调令,让他去深圳设计院担任某部门负责人,待遇还算优厚。起先他一有时间就回来与妻子团聚,后来见她郁郁不得志,很气愤,认为院里管理层都是饭桶。"这种地方待着真没什么意思。"他提议,愿不愿意去深圳住一段时间散散心。又说既然院里不珍惜你,还不如出去单干,我全力支持。

朱溪惨笑:"你想得倒美,我们这种不可能单干的,又不是歌手。离了剧团,乐队哪里来,舞台哪里来?不演戏能做啥?从小吃这碗饭,从来没想过要离开,也离不开。"

丈夫笑说:"这叫高度依附于组织,所以被组织随便PUA(精神控制)。"

朱溪也承认:"有什么办法呢?不过深圳实在有点远,那边没人听昆曲吧。你要是去北京也罢了,那边好歹有剧院。"

一日丈夫来电话,很兴奋:"我打听到了,香港那边有昆曲传习社,老师也是内地过去的专业演员。你来深圳,可以经常去香港。"

朱溪也听说过那个传习社,看了丈夫发来的资料,一时有些心动。但传习社是民间组织,没有编制,她去顶多算票友。一旦从院里离职,人生就止步于二级演员。但在院里一年年耗下去,又该等到何时?她举棋不定,直到发现怀孕。不,她的主意在放弃避孕时已经定了,不过拿孩子做借口而已。

与领导摊牌,领导仿佛这时候才意识到她离开也算院里的人才损失,请她慎重考虑:"评好职称再走也行呀,我们院离不开你的。"

季老师也挽留:"你去了那边哪有戏演?不演戏你打算做什么?院里这么多年培养出一个你也不容易。我们以前日子还要苦,但只要有戏演,我就开心,随便演什么都高兴。"

她心里不服,院里怎么就"不容易"了?她没有老师安贫乐道的志气,也从未问过老师,一辈子都被俞老师盖过,心态如何放平,光有热爱就够了吗?时代不同了,老师的想法太天真。季老师知道自己话说重了,又道:"不过家庭是最重要的,你和小盛还是住在一起比较好。"

消息传得很快,网上已有人发帖说朱溪要离职。有老戏迷感慨朱溪这几年太不走运,"对院里也算仁至义尽了"。手续办得很顺利,搬家也比想象中简单。两家老人非常赞许,别的都不要紧,孩子最重要。同事也多数觉得羡慕,说她有个好老公,没有人觉得她是失意退出、为她的艺术前途惋惜。"艺术前途",太自恋了,或许被安排演花神的时候就应该死心。

好在醒悟得还不迟。时间过得很快,她缓缓渡过了新手妈妈的混乱期。网上偶尔有人打听她的下落,有人说她离了婚,又跟了有钱老男人,孩子都生了,不知有没有领证。传说就是这样,悲剧主人公要一直潦倒,才符合故事的逻辑。技艺荒废了是真的,身材也没有恢复。丈夫工作很忙,家里请了阿姨,她仍不得闲。偶尔在朋友圈刷到金晏分享的视频,她真的上了选秀节目。"我们昆曲演员全国只有几百名,从事的是很寂寞的工作,不少人都没有坚持下去。只有耐住冷板凳,才能传承我们老祖宗留下的艺术。"她侃侃而谈,眼睛比从前更大,下巴愈尖,相当上镜。她唱人们最是耳熟能详的《步步娇》,眼波流转,"袅晴丝,吹来闲庭院",妩媚极了。主持人和嘉宾无不惊为天人,痴迷得合不拢嘴,连呼"昆曲女神"。朱溪觉得有点滑稽,却忍不住去搜了更多金晏的视频看。原来她最近还主演了《扈家庄》,唱得确实可以,比以前进步不少。手指划过视频,点开,听两句就仿佛受不了似的,迅速关闭了,却又忍不住打开了下一个。朱溪不免受到些刺激,心情很不好,连金晏都熬出头了。

又搜黄佳芸。上周在北京刚有演出,新编戏《浮生六记》。往前是她去大学做昆曲讲座,"国家一级演员黄佳芸讲解演绎《牡丹亭》"。有祝福国庆的短视频,大方得体的新中式服装,妆容典雅,"昆曲女神黄佳芸祝福祖国富强,人民康泰"。有她和俞前韵老师同台演绎《皂罗袍》,"承前启后,百世流芳"。说来俞老师、季老师那一辈都是前字辈,名字是学戏时承字辈的老师帮她们起的。朱溪这一代不讲究了,也没有几个人像佳芸这样有资格说自己是启字辈。

再搜自己的名字，演出视频停留在两年前。一场折子戏，她和老同学演《折柳阳关》。当时没多少观众，这个视频不知是哪位观众手机拍摄的，画面抖动、模糊，收音效果一般，背景嘈杂，时不时有人从画面当中穿过。这是季老师最早教她的戏，"恨锁着满庭花雨，愁笼着蘸水烟芜"，幽幽地唱下去，"一霎时眼中人去，镜里鸾孤"，没有多少动作，全看唱功。从前有网友赞她这折戏唱得精致，称她为"小季前映"。她忽而回忆起小剧场的空气，陈旧的幕布与地毯，台下观众经常刷手机，也有几个特别专注，那里头曾经就有她的丈夫。唱到了"从今后怕愁来无着处"，心情难以形容。她的表演没有留下多少完整的记录，那些曲子和功夫在她身体里，正无情地钝化与消逝，生命的沙漏无比清晰地在她眼前。

6

季老师八十岁整生日，朱溪带孩子回去祝寿。这几年小城喜爱昆曲的年轻人变得很多，大学里成立了正经的昆曲社团,请老师去教曲。老师方言口音太重,年轻人经常听不懂,总有几个本地学生在边上帮忙慢慢解释。社团的青年们订了蛋糕和寿桃,在宴席上齐唱《上寿》,笛声起来。"家住在蓬莱路遥,开几度春风碧桃。鹤驾生风环佩飘。辞紫府下丹霄,辞紫府下丹霄。"朱溪也加入其中:"寿筵开处风光好,争看寿星荣耀。羡麻姑玉女并超,寿同王母年高。"

季老师快乐极了,起身感谢,随后牵住朱溪的手,握了又握。她曾经最看重的弟子,现在依然爱着。

不久,她联系朱溪,说北京有人找她排《牡丹亭》,想要呈现从前老先生们搬演的、如今舞台上已不容易见到的怀旧经典版。"就是老早以前我教过你的,动作都不省的,现在年轻人不会演了。她们图省事,反正戴着'小蜜蜂',连唱的力气都不高兴用了。你不同,来跟我一起演吧。"因为寂寞多年,旧的技艺与唱腔反而顽固地留在老师的身体和血液里。因为观众很少,所以不需要也没有机会顺应时代做什么改变。一般而言,被遗忘是常见的宿命。偶尔也有例外，人们惊异地发现，原来还有一位唱腔如此醇厚的老先生，风格近于老唱片，不是台上已演得烂熟的版本。"抢救性记录高龄非遗传承人的艺术影像资料"，新闻这样说。

朱溪犹豫，近来虽也偶尔去曲社拍曲，但荒疏日久，根本不敢登台。何况她现在没有身份，不属于任何组织，孤魂野鬼似的，以什么名目参演？就算答应，还能回院里排练吗？她只好推辞，说以前跟老师学过的学生有不少，黄佳芸也学过。

季老师又劝了几回，她既惭愧又不忍。后来她提议说，想演花神。这大出老师的意外，而她心意已定，将孩子留在深圳，回到了老师身边。她无微不至地照顾老师，早上开车接去排练场，晚上送回家，服侍饮食，料理起居。演春香的是院里一位年轻的六旦演员，花神有十二位，除了朱溪，都是二十岁左右的年轻人，有的还没有从戏校毕业。朱溪领头，演梅花花神，领着一众小姑娘翩然起舞。凡有空暇，老师就带着浓重的方言口音与年轻人讲解，过去这出戏如何演，花神原来男女成对，阳月是男花神，阴月是女花神，后来全改成小旦演出云云。

老师身体已不如前，无法连续演出，只在京沪两地各排了一场。甫出票即被抢购一空，高价转卖的黄牛票也难求。

演出当日，她早早陪老师梳妆妥当，自己也顶着花神的装束，在后台角落远远看着老师登台。老师轻轻拂开晴光里摇漾的蛛丝。春香从旁侍奉梳妆插戴，停半晌，老师换好游园的浅粉女帔，镜中顾影，方接了春香递来的金泥折扇缓缓移步。如拂蛛丝、换衣裳之类都是从前的程式，现在的版本早已省去。"看画廊金粉半零星"，竟这样伤感。从前她只看到金粉璀璨，忘却了那是半零星的冷清。年轻美人唱"良辰美景奈何天"，眼波水汪汪撩向观众，只有游春的喜乐，不见伤逝的惘然。"倒不如尽兴回家"，唱到了这里。她呆呆望着老师，仿佛要把老师的一切烙进身体，又快活又痛楚。

离花神登场还有一阵，其他小姑娘还在化妆室嬉笑，无忧无虑擎着花束玩。

"朱老师在哪里呀？她的梅花拿了吗？"工作人员在后台清点十二花神的道具。

她回过神，怀里早捧好了登台用的梅花束，匆匆赶过去，笑道："来了来了，已经拿好啦。"

女孩子们都拿好了自己的花束，一时踮脚张望，一时拿手机自拍，又把朱溪拉到最中间："朱老师快来拍一个！"

她早已忘了镜头的可怕，有人迅速把合影发到了朋友圈，没有人留意到她又演了花神。

演出大获成功，季老师接受采访时，一字一顿努力说着普通话，感谢了许多人，特地提到："我在这里，十分感谢我的学生朱溪。整个排练过程当中，她方方面面，照料我，陪同我。我也很希望，往后呢，有机会看到，她演的杜丽娘。"

朱溪记得刚入门时，老师跟她讲古，说从前演戏多苦。一路坐船去省城，到一个码头歇几天，白天演戏，晚上不一定睡得着招待所，一群人挤在后台地板上睡觉。路费全靠演戏挣，不演够场次，连回来的船票都买不起。有几年演不成戏，改学《红灯记》，硬跳《红色娘子军》，很多人选择离开，也有几个人不舍得。

这话老师讲过好多次："时间说快也很快，就这样过了一辈子。"朱溪每次听到，心里都百味杂陈，说不上是敬佩还是恐怖。

2021 年 12 月 31 日

游仙窟

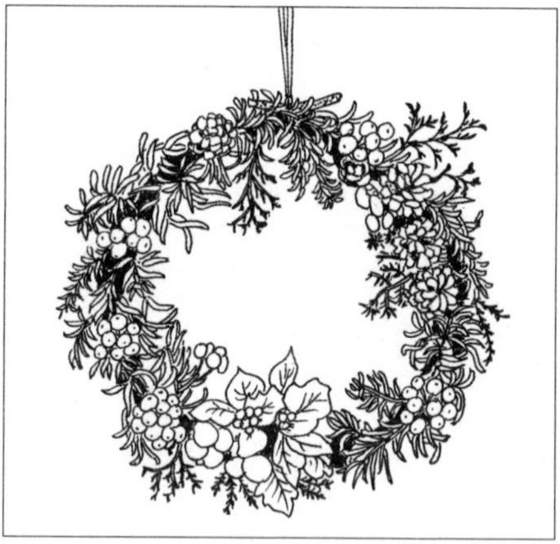

1

几年前，敏楠在湖边一处综合文化研究所挂职，得个"客座研究员"的头衔。其实既不给工资，也不是正式在编，不过是一位间接认识的老师接收她参加所里的研究会，允许她用这个虚衔，对外交际时好听些。然而最近也不容易唬人了，圈子太小，各色头衔的真正斤两，人们清楚极了，甚至当面就能露骨地表现出相应的态度。如今那位接收她的老师刚刚退休，意味着敏楠"客座研究员"的任期也已结束。接下来往何处去？辗转托人，幸好她的博士导师名气很响，又一处研究所的一位主管老师听说她是小山老师从前的学生，欣然同意她参会。

早听说这座研究所每周举办的研究会历史悠久,不对外开放,同行可以申请旁听。跟那种着急花掉经费、每位报告者只给十几二十分钟报告时间的大会不同,这里的研究会每场只有一位报告人,报告时间有一个半小时到两个小时,还有专门的评论人和讨论环节,规格等于演讲会。倘若能借这里的"客座研究员"之名,想来查资料、外出开会可以得到不少便利。

不料开春之后,疫病突然流行,各处大学都宣布延迟开学,不久决定统一网课,外部人士不得进入所内,研究会自然也改成线上进行。添置设备,测试音效,相当混乱了一阵。敏楠本想着趁开会的机会去所里图书馆借书,这下一概无望。她兼课的几处大学也改为网课,教务发了繁冗的解说邮件,敦促教师们学习如何上网课,附有解说小视频,手把手教你怎么用各种系统。敏楠起先很不习惯,上课提问,学生们都不肯开视频,就她自己对着视频唱独角戏。本来课堂上当场完成的作业,要改成课后作业,通过系统提交,批改作业的工作陡然增多。不过在线上课不需要通勤，她很快觉得这是极大的优点，省去通勤时间，可以专心做自己的事。

新参加的研究会成员竟有一半是国内来的留学生，这和她当初留学的景况大不一样。她早年在国内本硕都出身名校，硕士毕业就去南方某外国语大学任教，还是长期教职。当年找高校工作容易多了，哪像现在，博士泛滥，谁都吃不上饭。当年在南方工作，学校条件很好，出国机会多。她那时很看不上学院里那些不学无术、只知道出国玩乐的同事，觉得自己应该追求真正的学问。后来得了机会到小山老师门下读博，她毅然跟学院请辞，要脱产留学。领导百般挽留，说可以给她保留职位，只要她学成归来仍在院里工作。她一向看不上外语学院的风气，心想自己日后从小山老师门下出来，自无回日语系的道理，怎么也应该去好一点的历史系，那儿才是她理想的学术胜境。

身在海外，本国同行见面，不待通姓名，彼此已默默衡量了对方的轻重。国内本科出身校如何，这边大学院排名如何，跟的导师名气如何，

游仙窟　107

日语说得如何，有没有拿奖学金，拿的又是什么奖学金。本科不是985出身的，自然气势虚弱；拿海外奖学金的，又比拿国内奖学金的多一分底气。敏楠留学之初，顺利申上文部省的奖学金，学费也免去，在当时真值得昂首挺胸。她是名校日语系出身，又教过几年书，比一般留学生更有余裕，恰可冲淡她半路出家的劣势。拿到博士学位好些年了，她一见国内留学生，仍忍不住要掂量对方的条件，有意无意地拿捏自己跟对方说话的态度。

2

这天研究会报告人桂馨的题目和敏楠的领域很近，论文稿致谢部分提到了资助的项目经费。敏楠迅速搜索了她的信息，原来桂馨是国内某重点大学的青年教师，已出版专著，风评甚好，近来在研究所访学，拿着丰厚的研究经费。敏楠下载了几篇桂馨的论文，迅速扫了几眼，从选题到结构，不得不承认的确做得不错，不免生了想结交的意思。再看桂馨履历，本科竟与自己同校，专业虽不同，但也是学妹了。敏楠反复思索，想出了一个问题，打算用在提问环节。她还没有在研究会发过言，是时候表现一下存在感了，而提问最能说明水平，有时听别人问出蠢问题，她都觉得尴尬。

然而这场研究会的评论人太热情，留给答疑环节的时间很少。眼看散会时间已经到了，主管老师询问，还有谁提问吗？显然是希望快点结束。她犹豫了一会儿，正要发问，主管老师已宣布散会，生怕有人拖延似的。她有些失落，方才白费了构思问题的心力。不过主管老师说，散会后还有"云端恳亲会"，大家对着视频喝酒聊天。这是近来海内外都流行的模式，虽远不如从前围坐畅饮的亲密愉快，还是可以缓解隔离时代的疏离感。她跟这个研究会的人都不熟，常不喜欢凑热闹，这天却因为想跟桂馨聊几句天，鬼使神差留下了。参加线上聚会的人很少，基本是研究会内部的熟人，她的头像混在其中有些突兀。主管老师寺内很和气，特地向众人介绍她，说她以前是

游仙窟　109

小山老师的学生。她也是最近才知道，寺内是小山老师的学弟，礼待她也是情理之中。

大家在镜头前自斟自酌，不时遥遥举杯。起先还在聊桂馨的报告，很快就谈起彼此的近况，抱怨各大图书馆都关闭了外部访问，出不了国，开不了会，花不完经费。她插不上话，只是微笑不语，偶尔喝一口杯子里的茶——独居多年，她没有喝酒的习惯。有老师对桂馨说，你现在来访学真是不巧，去哪里查资料都不方便吧？桂馨笑道，上个月还去了趟东京，这个月完全不行了。寺内老师笑道，现在也有一点好处，京都完全没有游客，风景特别好，本地人都想趁此机会去看看呢。桂馨道，但寺院和博物馆这一阵也是关门的多，我倒是打算去山里多转转。

敏楠听到这句，赶紧接上说，我最近也喜欢爬山，不过山里遇到人都戴着口罩，爬山戴口罩可真受不了。桂馨神色冷淡，没有搭话，只是低头喝东西。其他老师倒是顺着爬山的话题，谈起最近流行的徒步与露营，他们提到的地名和人物，敏楠都不太熟。她以前一直在东京生活，博士毕业后就职不顺利，去美国、韩国做了一阵博后。也曾犹豫要不要回国，但当时好一点的历史系已不那么容易进，都得从有任期的讲师甚至博士后做起。她本来就在国内当过讲师，如何甘心这种待遇，索性回日本，继续当流浪博后。

桂馨比她小好几岁，在国内已拿了好几个项目，从博后资助到国家社科基金，履历相当漂亮。敏楠博士毕业后申经费不太顺利，起初几种青年学者的研究起步基金申请失败，一眨眼毕业超过五年，她有资格申请的项目越来越少。很多奖助金的条件要么是毕业五年内、三十五岁之下，要么是有稳定教职。像她这样年纪已四字起头、仍在兼课的老讲师，早就不是有价值的培养对象，好比孵化失败的蛋，已被扔出去处理了。申不到经费，就不容易发论文，不容易出业绩，不容易找工作，所谓恶性循环。

有一回敏楠偶然听国内一位期刊负责人闲谈，那人摇头感慨如今投稿太多，累坏了他们这些为人作嫁衣的编辑。"博士生投稿，很少有像样的。一些没有拿研究经费的稿子，自然也很难收。有些"青椒"(高校青年教师)在不入流的大学工作,一看工作单位就得拒了。"敏楠听着,只觉句句都在刺自己,尽管那位编辑压根儿不清楚她的景况。没有拿研究经费、不入流——她被这些话触痛了。从此对那位编辑很有意见,看到她在网上发言就觉得讨厌,却也不敢拉黑她,谁让人家是重点期刊的编辑呢?

云端恳亲会仍在继续,敏楠多数时候接不上话,但又不确定是否可以提前离开。渐渐地,微笑越来越僵硬。突然,寺内老师像想起她似的,问起小山老师的近况。敏楠也很久没有跟导师联系过,最近没有像样的论文发出来,连寄论文抽印本这样最正当的寒暄也免去了。此时线上众人看起来已酒酣耳热,气氛轻松,敏楠不由得笑得更热情,隔空向桂馨打招呼:"小桂你好,今天的报告真精彩,我还有问题向你请教呢。"

桂馨一怔,只是客气地回道:"谢谢王老师。"这是桂馨第一次见敏楠,名字是知道的,但平时在线开会都关着摄像头。桂馨不喜欢"小某"的称呼,机关单位遗风,学生会干部做派,故作亲热，实则很不礼貌。但日本的现代中文教科书上好像都把"さん"（日语中普遍缀于姓氏后的敬称，不区分性别）译成小某，随便翻开一本必有小张小李，在她看来实在礼崩乐坏。

敏楠赶紧提出之前费心构思的问题，向桂馨请教。这个问题不坏，桂馨认真作答，其他老师也笑："果然恳亲会是研究会的延长线。"敏楠很高兴，对桂馨说："小桂，我以前本科也在Y大念，我应该是你的学姐吧。"桂馨笑笑，仿佛是网络连线不畅，并没有反应。时候已不早，寺内老师说，我们今天就到这里吧。大家举杯寒暄了一阵，视频画面就被关闭了。

3

转眼到了盛夏，手忙脚乱的一学期过去了。寺内老师给研究会成员群发邮件，征集下学期的报告题目。敏楠也决定报名，听说研究会时常出版论文集，不能错失良机。不料寺内老师很快回信，说报名已满，实在对不起。如果您愿意，是

游仙窟

否考虑明年报告？敏楠有些失望，怀疑是寺内老师的婉拒。这个研究会风气真保守，我还是外部人士吧。她腹诽。不过还是很客气地回信，说非常乐意明年报告。

暑假里敏楠写论文，有几种民国时期的资料，全日本只有那座研究所的图书室有所收藏。看图书室网页公告，仍写着疫情期间，不向外部开放，敬请谅解云云。她想，自己已是研究会成员，应该不算"外部"，遂联系图书室，申请阅览。不料图书室却回信说，因疫情严重，目前只向所内正式成员开放，实在抱歉。敏楠很生气，日本这点最讨厌，等级森严，毫无平等意识。自己平常勤恳参会，积极对着电脑屏幕跟不怎么熟的老师举杯赔笑，不正是为了使用资料之便吗？这下倒好，什么都拿疫情当借口。她当下给寺内老师写邮件，说自己想看这几种资料，日本只有贵所收藏，网上没有电子版，旧书店也买不到，能不能请您想想办法。最后附上了图书室的覆信。寺内老师不久回信，很爽快地说我帮您借出来，您有空来所内阅览室查看即可。

敏楠自然感激不已，但也颇觉不悦，如此内外分明，自己人什么资料都能轻松借出来，对外面的人像防贼似的挡在门外，真当自己是象牙塔呢。不过人在屋檐下，能看到资料就不错啦。又一日，她踩着开馆时间准时来到阅览室，阔大的原木桌上果已摆好了她想看的几种资料。寺内老师人真不错，她心想，可惜忘了带点谢礼，早上出门太着急。填讫阅览申请表坐定，忽有一位衣着朴素的年轻女生进来，端详了她一阵，先用日语道："您是王老师吗？"敏楠不知她来历，忙起身用日语答是。那女生换了中文，隔着社交距离，笑眯眯打招呼，说自己是寺内老师的博士后研究生，叫冯希，今天上午寺内老师有事不在，让她来照看王老师，有什么需要都可以找她。

敏楠十分感谢，连道谢谢冯老师，寺内老师费心了。冯希摆手，轻声道："您叫我名字吧，可别叫我老师。"

"好的啊小冯，我有什么事儿再找你。"

窗外蝉鸣不息，太阳极毒辣，乌鸦都躲了起来。凭空涌出来的团云白得刺眼，碧绿的远山近

游仙窟

乎被烤焦,在蒸腾的热气中缥缈如蜃楼。奥运会已延期,但街上的出租车车身仍刷着"2020东京奥运会"的广告。阅览室却极宜人,中央空调之外,还有古老的落地扇款款摇头。敏楠由衷羡慕这样的环境,在这里工作真是幸福极了。资料看得很顺利,近午时分已全部看完。她又申请了几种,馆员知道她是寺内老师介绍来的人,也很客气地把资料调了出来。转身时忽而发现另一张桌边多了一人,正是桂馨。馆员见到她,非常客气地把一只堆满资料的小推车送到她旁边,看来早已熟稔。

"小桂,你也在啊!"敏楠小声打了招呼。桂馨吓了一跳似的抬起头,眯起眼睛看了看,终于认出来似的:"王老师好。"敏楠不介意桂馨的冷淡,以为她只是忙于看资料,蹑手蹑脚回到自己的桌边,坐下后又朝桂馨笑笑。

疫情期间,馆内人手不够,中午要休息一个钟头。敏楠已看完资料,打算下午当面感谢一下寺内老师就告辞。她在储物箱附近收拾东西时,看到桂馨也走了出来,遂笑道:"小桂,不知道这附近有没有什么好吃的馆子？"

暑期校内人少，四下寂静，浓密的香樟树遮出一片清凉。桂馨答："我也刚来没多久，不大清楚。"

"你大学是哪一年的啊？我是97级的，"敏楠自己先感慨道，"都是上个世纪了。"

桂馨道："我比您低几届。"她显然不太愿意和敏楠多聊，但敏楠却自顾自谈起她们之间可能共同认识的人，以此说明两人之间关系不浅。说话间已走到树荫下，天气热极了，敏楠提议："小桂，我们一起去吃午饭，怎么样？"

桂馨向来午饭都是凑合吃，下午还要继续看资料，因此直言拒绝，说不打算吃午饭。敏楠惊道："不吃午饭怎么行？小桂，难怪你这么瘦。"桂馨忍无可忍："王老师，您别这么叫我了，就叫我名字吧。"

敏楠怔住，旋即笑着解释："我们以前老师表示亲切，都这么喊自己的学生或后辈。我国内老师就一直叫我小王呢。"

"您有什么资格叫我小桂？"桂馨冷冰冰抛下一句，丢开敏楠径自大步离去。敏楠万万想不

游仙窟

到她是这样的反应,一时涨红了脸。实在太无礼,自己好歹是学姐!转又愧恨:必是她地位高于我,虽然年纪比我小,却不屑与我结交。看她对其他老师都言笑晏晏,岂料真面目竟是如此。她越想越气,胡乱在附近快餐店吃了简单的定食,又回到了研究所。

4

寺内老师不在研究室,敏楠在走廊里又遇到了冯希。对方点头招呼:"您资料看完了吗?"

敏楠反复道谢,说打算跟寺内老师说声谢谢就回去了。冯希看看手机的时间:"寺内老师可能下午才来。天这么热,您要不要去我研究室坐会儿?"

"博后也有自己的研究室啊。"敏楠很羡慕。

冯希答:"几个人共用一间,不过现在疫情,很少有人过来。"

敏楠摁了摁口罩上部紧贴着鼻梁的边沿,抱怨了几句疫情。这一阵,新闻每天公布的感染数字都很吓人,敏楠很害怕。她一个人住,担心万一真的病倒，无人照顾。不过这是她半年以来头一次出门，总想着应该当面跟寺内老师聊几句才能回去。

冯希的研究室果然没有其他人，敏楠进去参观了一圈，冯希还从冰箱拿了一罐饮料给她，解释说本来研究室可以泡茶泡咖啡，但现在都免了，喝现成的安全。敏楠被她的贴心打动，忍不住向她打听起桂馨，问她认不认识这个人。冯希说认识。敏楠问："小冯觉得她这个人怎么样？"

"我很喜欢她写的论文。"

"东西是写得不错。"敏楠实在咽不下方才的气，终于愤愤道，"不过她精神是不是有点问题？"遂把方才与桂馨的对话原样复述了一遍，想让冯希评评理。才一会儿工夫，她已觉得眼前这个年轻人很值得信任。然而年轻人却不置可否似的，只是微笑，顾左右而言他。敏楠拧开瓶盖，喝了口水，有点讨好似的："小冯，你说桂馨怎么这样？"

"其实我也不大习惯被人称呼'小某'。"冯希道，"可能大家用词方式不一样。"

"怎么会这样呢！我们那时候，表示亲切才

游仙窟

这么喊对方啊。"敏楠错愕,"那我该怎么称呼?"

"您怎么叫我都是无所谓的。不过一般情况下,还是先听一下对方愿意怎么被称呼比较好。"

这番话敏楠听着很入耳,对冯希又添了几分佩服,想不到她年纪轻轻,倒比桂馨稳重得多。不久寺内老师来了,敏楠赶紧去研究室打了招呼,随后在烈日中搭公交车回家。途经下鸭神社,过去每年此时都会在原始树林里举行旧书节,这年因为新冠取消,因此一片幽寂。下车后,她在超市买了现成的饭菜,天太热,也懒得动手炊煮。黄昏,天上的云是美丽的橘色与紫色。夜晚迟迟到来,月亮十分清澈,深夜依然高悬在窗前,水晶盘似的。敏楠一向更喜欢东京的便利,而此刻似乎也被古都的月色打动了。

5

九月初,敏楠收到寺内老师邮件,问她可不可以做秋季开学后第一场研究会的评论人。报告人远藤哲是她博士期间的学弟,也是小山老师的学生，和她做的方向比较接近。她欣然同意，尽管寺内老师找她也是不得已——本来定下的评论人近来感染新冠，虽然是在线参会，但对方年事已高，很担心病程发展和后遗症，出于慎重，还是辞去了评论工作，专心居家养病。

敏楠上网搜索远藤的近况，原来他已在某国立大学升任准教授，学术主页上满满的都是论文和专著。照片上还是老样子，人很瘦，头发蓬松，薄薄的嘴唇抿着笑意。一时五味杂陈。当初她到小山老师研究室读博，远藤刚进硕士班。他童年时曾随父亲在北京生活过几年，中学时又因父亲工作关系，去美国待了一年。他有一般日本人少见的优秀的外语能力，硕士、博士、博后，每一阶段都拿到了最好的奖学金和研究经费，一直很受老师们器重。加上性格也温厚，大家提起他都是赞语。敏楠也欣赏他，张口闭口就说我的后辈远藤如何优秀。学生时代，她经常请他改日语，他无不照办，修改极精心。

她从首尔做了一年博后回日本，当时投简历还很积极，但多半石沉大海。漫长的等待后，收到薄薄一只信封，不用打开就知道里头写着，非常感谢您的应聘，很遗憾本次选拔结果未能符合尊意，衷心祈祷您未来更好地发展云云。当然觉得挫败，却也没有彻底绝望，因为学术圈工作难找，每个人都是这么过来，不是自己不够优秀，只是运气未到而已。不过，那一年，拿着学术振兴会的经费在某私立大学做博后的远藤顺利在一所公立大学找到了讲师的教职。那所大学，敏楠也投了简历，却连材料审核都没有过，根本没机会进入面试环节。是自己无法与远藤竞争吗？他会日英中文，她也会；他的论文发表数似乎还不如她多，当然他早早把博论出了书；他拿过的研究经费比她多，但她的成绩也不算坏，她还去过哈佛和首尔大学……她越想越觉得，主要还是因为她是外国人，而且是女人。

可是也有外国籍的师妹或同行女性找到了工作。她在心里潦草地拿自己和她们比较，认为其他人的成功要么有不可告人的阴谋，要么是那人年轻漂亮，要么是那人太会钻营，要么是那人沾了少数族裔的光，要么是那人嫁了日本人同行、因而获得了某种不公开的优待——她最瞧不上的还是这类靠婚姻谋幸福的人，尤其是嫁给日本人。若是在欧美，为了身份嫁给白人也就罢了，日本人有什么好的？幼稚自私，大男子主义。当初在外语学院教书时，也有日本外教对她表示过好感。但那个身材矮小、眉眼敦厚的青年，关东某私立大学出身，最高理想就是在中国大学教日语，找个本地太太，生几个孩子，享受几年中国的自由生活，随时随地能回日本去。敏楠觉得很可笑，这些外国人在中国实在过得太轻松，工作太容易，也未免太看低她。知道她离职去日本名校读博，那个青年很吃惊，像所有中国长辈一样关心她，读完博以后怎么办，什么时候来得及生孩子？敏楠嗤之以鼻，更加确信自己应当追求高远的境界。

在她年轻时，父母对她的婚姻也曾报以真切的关心，发动各方亲友积极为她介绍相亲对象。她到日本后，父母不畏鞭长莫及，仍想方设法为她在海内外寻觅合适的对象。她的条件固然优越，但国内的人最关心她何时回去，一听读博没有准期，自然不予考虑。日本更不容易找到人，偶尔父母有朋友的孩子也在日本工作，但人家也关心敏楠什么时候博士毕业，什么时候能生孩子。等她一过三十五岁，在婚恋世界立刻成了无望的弃子，错过了生育最后的窗口，父母为她心痛。亲戚们提起她，总是惋惜的口吻，觉得她耽误了，当初出国的选择太不值得，并以她作为告诫后来人的坏榜样，年轻姑娘们万万不可受她影响。也有好心人为她介绍离异的男子，起先是无孩，不久是有孩，且孩子年龄越来越大。总之，她已没有资格做别人初婚的对象，如果把学问发挥到培育孩子方面，还不失一项优点，省去出去找培训班。非常幸运的是，她居然有个同胞哥哥，在国内当公务员，早已结婚生子。她很感谢哥哥，也知道家人对她失望透顶，尽量避开他们，免得他们想起她来就心烦。

父母曾苦劝她回国工作，她不想高不成低不就地回去。而父母身体不好、需要照顾时，也只能仰仗哥哥一家。因而嫂嫂对她颇为冷淡，认为小姑过于自私。疫情之前她逢到寒暑假或开会也常回国，给父母和哥哥一家都带礼物。但无论送什么，嫂嫂都不太满意，又疑心公婆私下给她补贴。人前提起她来，总是叹息："我那个姑娘啊，唉，将来不知道怎么办。我公婆反正指望不到她了，有什么事还不都是我们负责。"人家就劝，这倒也清爽，她人反正在日本，你公婆将来二百四十岁，什么都留给你们的。嫂嫂笑道："这点的确不担心，不过她一直不成家，就怕以后还是麻烦呢。"好在家人根本不在意她的工作，有没有正式教职都无所谓，在外头说起来都是在日本教书，最大的麻烦只是她不结婚而已。

6

远藤报告的评论，敏楠付出的努力不下于写论文。研究会那天，她在线上见到了阔别数年的远藤，格外亲切地喊他"远藤"，而不像别人喊他"远藤老师"，以示亲密的关系。远藤和其他老师都很认可她的评论，那晚的云端恳亲会，大家都客气地与她寒暄，她自觉受到关注，很感到怡悦。老师们大多认为，疫情虽然很不方便，哪儿都去不了，在线上课却实在方便，有大把的时间可以做自己的研究。

"就跟放学术年假似的。"一位教授笑道，"我已经构思了两部书稿。"

"您真厉害！趁机再申请个出版经费，等书出版的时候，疫情总该结束了吧？"有人赞叹。

云端的年轻人都羡慕极了，只有教职无忧的老师们才有这样的悠哉心情。敏楠心里也不是滋味，自己什么时候才有工夫把博论修改了出版呢？她找了一个闲谈的空隙，问寺内老师研究会何时出论文集，她打算投稿。又问寺内老师能不能帮忙给她写个介绍信，她想申请某图书馆的资料，但那里居然需要单位出具介绍信。敏楠有些羞赧又有些恨恨，平常自我安慰说只要能继续研究就可以，但没有正式教职在学术圈等于贱民，做什么都不方便。当然她当众只是感叹日本图书馆真落后，都什么年代了还要写介绍信。美国就开放多了，电子化起步早，服务公众的意识也强。

寺内老师自然同意，又说今年没有编论文集的打算，疫情期间什么计划都靠不住。散会后，敏楠仍有些不放心，辗转问了好几个留学生，询问到冯希的联系方式，给她发短信，又问起论文集的情况。

冯希很快回复："王老师您好，我还没听说论文集的事呢，今年应该不会征募论文。"

"还真是这样。之前我听说，你们研究会经常出论文集，我还怕不接受外人投稿。"

"研究会成员都可以投稿，到时候您应该会收到群发邮件。"

"小冯，你博后什么时候出站？打算在日本就职吗？"敏楠完全是出于关心而发问。

冯希答："现在还不清楚呢。"

"你现在做博后，有经费吗？"

"也是有的。"冯希不太愿意继续聊下去，此前也听人说过，这位王老师脾气有点古怪，很爱刺探别人的私事。

"真不错，出站后有机会留在研究所吗？"

冯希只好说："这恐怕不太容易。"

敏楠好像心里舒服了一点，确信了大家都不容易。

秋季学期，网课依然继续，敏楠每天忙着备课、录课、上传系统、批改作业。若一次买了足够的食物，她可以一直待在家里不出门。国内疫情控制得似乎不错，至少比日本强多了，连不怎么主动联系她的父母也关心日本的疫情，给她转发有关日本濒临崩坏的新闻。她也害怕，早已通过转运囤积了神奇的连花清瘟，随身携带小瓶消毒喷雾，出门一定严严实实戴两层口罩。而日本人却完全不在乎似的，十一月下旬的红叶季，各处寺庙人山人海，仿佛要弥补从春到夏的静默煎熬。

古都的第一场雪在十二月中旬到来。先是下了几天雪粒子，忽而有一天清晨，醒来发现外面积着很厚的雪，远山一片晶莹，近处山里聚了许多小鸟，叽叽喳喳找食物。时近岁末，海内外科研机构一如往年，忙着花经费办学会，只不过都改成了线上。敏楠也从熟识的国内老师那里临时接到一两处邀约，自是欣然应允，公开的身份是研究所的"客座研究员"。以前也这么用过，想必没什么问题。从前线下开会大半是为了社交，虽然跟学界先进递个名片聊几句天并没有什么实际的益处，但若不这样做，敏楠也绝不会放心。如今线上会议，对于年轻学子来说，有效社交几乎已不可能。然而还是要积极参与，不仅是为填充简历上的业绩栏，还因为越来越多的期刊编辑都在会议上物色优秀报告论文，直接约稿。敏楠往往是在学会信息上才知道旧相识的去处的，是升等了，还是换了更好的学校——这些信息令她失落。开会时别人都被称为"老师"或"教授"，而她还是"王博士"，不免怀疑别人的用心。她虽对掂量别人的身份地位饶有兴趣，但同时也最厌恶这套等级森严的职名。

因为疫情实在厉害，十二月末，日本宣布实行封锁政策，外国人不得入境。敏楠本来春节也没有回国的打算，也没有什么人要来看她，因此不觉得有什么。整个学年即将过去，明年还能继续参加研究会吗？寺内老师没有联系，她有些不安，但假期也不便询问。这是线上时代的麻烦之处，很多当面可以轻松问出来的话，若白纸黑字写成邮件，就要费很多踌躇。正在她心觉不宁之际，寺内老师倒主动联系了她，与她确认明年论文报告的日程。她急忙回信同意,选了新学期最早的一个日子,又趁机询问明年是否可以继续参加研究会。

"当然非常欢迎。虽然我们的会议经费能维持到什么时候还不太清楚,但明年是没有问题的。"

寺内老师又问她想选哪位老师做评论人,她提名远藤。但远藤恰好那天有事,寺内老师问冯希如何,因领域与敏楠也比较接近。让一个博士后给自己做评论,她有些不乐意。桂馨似乎是更好的选择?虽然她们之前闹过不愉快,但学术圈只要能互惠互利,就谈不上不愉快。不过寺内老师说桂馨可能时间上也不凑巧,最终还是决定请冯希。

"小冯,真是辛苦你了,多多拜托啊!"她在短信里跟冯希客气。

"哪里哪里,有机会学习您的研究,非常荣幸。"冯希的回复一贯挑不出毛病。结交这些有前途的年轻人,大概也是有价值的吧?敏楠心想。

7

敏楠也是在旧历新年过后才听说，桂馨已被关东某大学聘为中国文学专业的副教授。这是何等罕见的晋升道路，起先她不信，很确定地跟与她分享消息的国内朋友说，这不可能，日本大学不会直接任用中国学者，肯定是从本国内部先挑。何况桂馨在国内有教职，国内单位也不会轻易放她，手续上麻烦着呢。

然而四月之后，果然见到桂馨的履历出现在那所大学的主页上，职位也的确是副教授。敏楠印象里并未见那所大学发布公开招聘的信息，想来是内部指定。那所大学的中文专业刚有一位教授退休，桂馨就这样填补了空缺。敏楠很不服气，桂馨又没有在日本读过学位，知道日本学术圈到底怎么回事吗？也罢，日本的中文专业又有什么前途，收的还不都是中国留学生。眼下疫情严重，留学生也出不来，这种专业早晚倒闭，去那里工作有什么意思！

不过寺内老师他们提起桂馨倒都是很赞许，

说桂馨业绩出众,又会用英文授课,聘到这样优秀的老师,那所大学真有眼光云云。敏楠有一点推测倒是没错,桂馨与前单位谈判时,的确遇到不小的阻力。人事不批她的离职手续,而她与大学的合同上所写服务年限也未到期,显属违约。也有不少人议论纷纷,说桂馨真是精明,趁着疫情期间往来不便即扬长而去。不过,内部究竟起了多少纷争,外人就算议论也难中要害。桂馨入职日本大学已成定局,不久,后缀是日本某大学中国文学专业副教授的桂馨之名已出现在学术会议的宣传海报上。

每年四五月间,都是日本自杀高发的时期。敏楠教课的几所大学,有的恢复了线下授课,有的仍继续线上。她因此部分恢复了通勤生活,坐电车上下班途中,隔三岔五总遇到"人身事故",即跳轨自杀的隐语。又是什么人过不下去了呢?自己也经常在煎熬中,谁不是拼命活着呢?她一面想,一面痛恨电车被延误,要么是险些赶不上上课,要么是夜里很晚才到家。合同制讲师专用的研究室十分热闹,很久没有见面的人们快活地聊天，谈新冠生活的难熬。敏楠很少参与这种闲谈，一方面是害怕飞沫传染，一方面不愿意与这些早就习惯了合同工身份的讲师们沆瀣一气。谈论这些与学术毫无关系的话题，一点都没有学者气质，莫非这辈子是不想找正式教职了。

她用心写完了研究会用的报告，将文档发给寺内老师和冯希。

"王老师，我们研究所好像没有设置'客座研究员'。"没想到冯希发来这样的短信。敏楠很震惊，回复道："我之前在另外一家研究所的时候，也是那边的研究会成员，就叫'客座研究员'。"

"或许叫'研究会会员'更合适。"冯希回复了一行，没有颜文字，也没有缓和气氛的省略号，只是公事公办的句号。敏楠一时有些慌神，又很恼怒，难道是寺内老师借冯希之口提醒她？不至于，真正的研究者不会在意这些细枝末节，只有不懂事的年轻人才会斤斤计较。她用轻松的语气回道："小冯，没想到你这么在意这些虚名。客座研究员，不就是 visiting scholar、guest researcher

游仙窟　133

吗?美国学术界都是这样用的,我又没说自己是正式研究员。"

冯希没有再回复。敏楠不知道的是,早就有人跟寺内老师提起她在外面开会都用"客座研究员"的名称,认为她这样自称很不合适。冯希听到众人私下嘲讽敏楠"挂羊头卖狗肉",又说"敢于这样做的,真是毫无常识,难怪不能就职,这把年纪了,恐怕以后都难"云云。或许是出于恻隐,忍不住出言提醒。这次敏楠报告,远藤并非当天有事,而是明确拒绝。他性情很温和,是有一次聚会,喝了些酒,才红着脸说,我太怕这个师姐了,学生时代就缠着我做这个做那个,我不想和她有任何瓜葛。

不过敏楠正式报告那天,还是把论文稿上的"客座研究员"头衔删去了,什么都没有写。她也在赌气,区区一个"客座"罢了,visiting、guest而已,都不舍得让人用,一点国际视野都没有。冯希的评论很到位,那天的研究会气氛不错,敏楠原谅了冯希此前的冒失。

8

从此敏楠对外仍用着"客座研究员"的称号，只是在研究所内部的人跟前略去不提。她又投了几次简历，无一例外都石沉大海。这一年难道还是如往年那般竹篮打水似的过去？她也开始悄悄关注国内的招聘信息，像她这个岁数的，不可能从博后或讲师做起，只能走高端人才引进的路径。但看近年先例，被引进回去的人才，无不在海外高校担任过正式教职。

她这些苦闷，自然无处倾诉。与她同年代的人，多半有家庭和儿女，过着她早已绝缘且不认同的生活。比她年轻的，更难谈到一起。现在的留学生真幸福，就算不拿奖学金，经济状况也大多不差。不像她当年读书时，留学是多么令人钦羡的选择。可是这么多年过去了，她到底又是哪一步出了问题？她有一位老同学，拿到博士学位后回国就职，直接得到副教授的头衔，又顺利申上国家和省内的好几笔经费，真是风光无两。现在的年轻人怕是不敢想象。然而前几年竟得了癌症,不久便病故了。追悼会、纪念文集也相当热闹了一阵,但四十出头就死,在学术圈等于夭折,弟子和势力都没有培植起来,不出几年就会被遗忘。他起点比同事都高,少不了被忌恨,因此确诊后缄口不言,免去人生最后一段听到不愉快的言语。敏楠苦闷时,常常想起这位老同学,退一万步讲,至少自己活得好好的。

入秋后的某一天上午,平时几乎从不联系她的哥哥突然发来短信,说父亲脑出血,即将做开颅手术,情况不可预期,望做好心理准备。父亲七十多岁,身体一向健康。敏楠慌忙拨电话过去,哥哥好一阵才接起,说父亲洗澡时不慎摔倒,头部着地,送医不太及时。目前脑部水肿较严重,医生建议手术。但父亲高龄,手术风险较高。总之左右都有风险。哥哥现在还在居家隔离,没有见到父亲。母亲每天可以进医院,但能做的事情很有限,现在护工也不好找。

她是肯定指望不上,家人早就看透了,哥哥通知她只是出于道义。敏楠很心虚,无力地安慰了几句,也没有立场安慰,渐渐闭了嘴。她又给母亲电话，那边似乎已经哭过几场，声音倒很镇静："你在那边都好就行了。"她手头有些积蓄，当年在国内工作攒的钱、炒股挣的钱，赶紧转了一笔整钱给母亲。但母亲没有收，她又电话催促，母亲叹气说，你爸爸看病能报销，现在还不要你担心。那笔钱到底没有收下。

眼下回国很不容易。机票很难买，买到了也可能随时被取消。敏楠不免怀念从前随时能回去的时光，她曾多次邀父母来日本小住，但那时父母忙着帮哥哥家带孩子。母亲总说，你什么时候有孩子，我立刻过去。她发过火，也好言抚慰过，但都无济于事，她的未婚未育是家人的心病和耻辱。父母最怕亲戚朋友问，你家楠楠在日本怎么样啦？后来大家都已绝望，再不提这些了。

父亲开颅手术之后一周，万幸苏醒了过来。但随后肺部感染积液，持续高烧，尚未转入普通病房，情况很不乐观。敏楠想着最坏的情况，若父亲突然离去，她恐怕无法送别。

尽管又有新型毒株流行，但日本风气越来

越松。人们都不怕似的,街头有人宣传摘掉口罩,称病毒完全是编造的谣言。听说冯希已找到上海某重点大学的教职,只等博后期满就回去,又是个按部就班的聪明孩子。敏楠也谈不上羡慕。

冯希也尝试过在日本找教职,但实在太无望。她也收到过不少"很遗憾本次选拔结果未能符合尊意"的信件,如果要继续留在这里,只能像敏楠这样,先找兼课工作,再继续求职。自己有勇气过敏楠这样的人生吗?想到这里,冯希悚然一惊,赶紧努力往国内大学投简历。年轻留学生们提起敏楠,难免带着嫌恶与同情的神情,意思是亏她能忍耐。年纪已那么大,这辈子就这样了吧。"他们那代的人对日本总是有点崇拜的,没办法。"年轻人们笑,"现在是日本人都要争着去我国找工作呢。"

父亲很坚强,熬过了复杂的并发症,暂时还活着,敏楠觉得命运为自己网开一面。她不信什么神灵,但这段时间,也去京都掌管健康的寺庙和神社又拜又买守护符。街中到处都是圣诞节的装饰，花店门口摆满圣诞树和圣诞红的盆栽。日本就是这样，一年到头都忙着过节。她觉得这一幕很熟悉，和去年、前年……好像没什么区别。可怕的古都，吞噬着她的岁月。

冯希回国的日子定了，在转年二月初，先从京都去东京，再从东京飞上海。敏楠私下问了冯希不少回国买机票的细节，想着春假时应当回国探望父亲。冯希把她拉进一个机票购买群，让她时常留意。只是先在机场附近隔离两周，再居家隔离两周，她短暂的春假就结束了，能顺利见父亲一面吗？反而是母亲劝阻她，你不要回来了，回来了也帮不上忙。你爸爸现在都好的，以后再说吧。

特殊时期，研究所事务处连日提醒大家不要聚集感染。寺内老师也不能为冯希举办送别会，于是在某场研究会结束后，开了一场"云端送别会"。敏楠也参加，祝福冯希一路平安。散会后，敏楠打开机票群，有很多在国内着急出来的留学生，也有不少打算回国度假的孩子——尽管春节已赶不上了。夜已深，窗外不知何时飘起碎雪，狂风低咽,渐渐是横飞的雪片,很快积了厚厚一层。雪把世上的声音都埋了起来,只剩下极轻的簌簌声。

  2022 年 11 月 13 日

— 校长 —

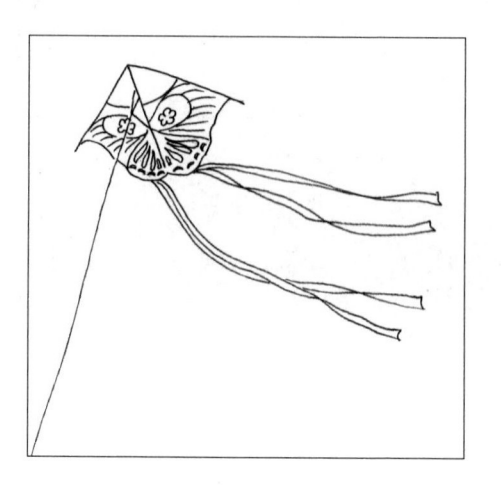

1

现在想起来已经非常遥远,是千禧年到来之前的某个秋天,徐美竹和张晓露从本地师范中等专科毕业,被同时分配到离市区二三十公里的陆桥镇小学。

那时镇上还很热闹,学龄孩子不少。男人们多在外地务工,妻子们最常见的工作是缝纫,有的自己开店,有的在郊外小工厂上班。家里老人忙着做农活,看店铺,去亲戚家参与婚丧节庆,传统社会秩序尚未消亡。

美竹和晓露都在这样的小镇长大。这些小镇星星点点分布在市区周边,在公交车和私家车都不普遍的当年,从一点到另一点的距离显得格外遥远。因此美竹和晓露平常都住在学校分配的宿舍，一排很旧的平房，校长特意从中挑出两间，光照不错，收拾得很干净。

美竹教体育，晓露教语文。她们读师范时专业不同，也不是同乡，没什么交集，是看到拟聘用人员名单才发现，有人和自己去处相同。开学没多久就是国庆汇演，晓露表演了一支独舞，《春江花月夜》，握着白羽扇的双手手背抵着腰间，款款转身，缀了双道攒花亮片的烟蓝裙摆张开成一个大圆。是读书时学的，晓露没什么古典舞功底，不过足够对付这种场合。无论老师还是孩子都为她倾倒，美竹也拼命鼓掌。但和晓露带同届班的唐雪芳很不以为然，认为晓露过于招摇。

唐雪芳是本地人，虽是代课老师，但工作了很多年，资格很老，颇得学生家长信任。她也教语文，风格严厉，有时会体罚学生。罚站最轻，踢小腿是常事，也有甩耳光的。虽说教育局三令五申不能体罚学生，但那时家长们格外信任老师，总是很谦卑地跟老师说，我家孩子就是欠打，你帮我管教管教，不听话随便打。没听说有谁去教育局检举老师打孩子的,雪芳由此更是尽心尽责。她隔窗瞥过晓露的课堂,听晓露柔声细语地说话,孩子们时时快活地大笑,觉得很不成体统。

住校的只有这两位新来的外地老师,校内长辈遇到了总要关心两句,让她们彼此照应。早饭简单些,镇上也有早点铺。午饭在食堂,天气凉快时多打一份留着晚上吃。下午五点,高年级孩子们也都放学回家,学校很快安静下来。校工锁了大门,传达室只有一人值班。

她们夜里不出校门,为了安全。厕所离宿舍有一段距离,构造很原始,木板上挖出椭圆洞,直接坐上去。坑非常幽深,简直恐怖,二人只好尽量约了一起去。晓露起先也犹豫,但黑黢黢实在怕人,很快就习惯了和美竹隔着厕所间壁闲聊。她们带电筒,或点蜡烛,黯黄摇曳的火光照亮一隅。有时美竹忍不住拿卫生纸点了火扔进坑里,那火更明亮了一阵,腾起一团焦煳的臭味,气氛也温暖起来。不过有一次,落下去的火苗突然蹿得很高,几乎冒出了椭圆洞,她们吓了一大跳。后来才反应过来,应该是沼气被点燃了,幸好没闯什么大祸。

市里有小学生现场作文比赛,先是镇上几所小学联合初选。晓露和雪芳班上各选了三名学生,挑了个周末的上午,考场就在陆桥镇小学。六选二,通过初选的孩子都来自雪芳班。晓露班有个落选的孩子叫陆帆,回家后很难过,吃不下饭。她母亲在镇中学做图书管理员,让她大致回忆出初选作文的内容。母亲一看,觉得孩子写得很好,因而也对结果不满。

陆帆母亲去学校,约晓露谈此事。晓露直言这次初选的选拔标准有问题,陆帆无须气馁。这是陆帆母亲第一次与晓露私下见面,看她言谈举止,也觉颇值信赖。此前多少听人说过新老师经验不足,这下也稍稍放了心。

回去路上遇到校长,一位慈眉善目的圆胖中年人,声音沙沙的,从胸腔深处发出,吐词缓慢,最适合开会的音色语调:"严老师好!来看女儿啊。"少不了寒暄几句。校长家和陆帆家是老相识,校长见了陆帆祖父会敬称伯伯。校长对陆帆赞不绝口,说聪明乖巧,前途不可限量。又对这次初选结果表示了恰到好处的愤慨，说评选老师眼光保守，只知道挑选四平八稳的作文。陆帆母亲心里舒服了不少，回到家好言劝慰了女儿一番，又感慨朱校长为人真不错。

有一天，晓露课后将陆帆叫到办公室，给她一本儿童杂志，问她有没有看过。陆帆说妈妈订了。晓露说，那很好，你这次周记写得很好，我觉得可以投稿试试。陆帆难以置信，对三年级的孩子而言，投稿还是个很新鲜的词。她听从晓露的指点，把稍加修改的周记誊到方格稿纸上，也就四五百字，照着杂志的地址寄了出去。

一个多月后，陆帆家收到一封信，来自上海，竟是那家儿童杂志寄来的，赫然一张用稿通知。又过了一阵，大约河水已结冰的时候，收到了杂志新刊，与一张邮局汇款单，稿费二十五元。陆帆妈妈用一部分稿费买了水果篮送给晓露，并请晓露来家中做客。所有人都很愉快。

2

春天来了,晓露作文课上带学生们去附近野地里放风筝。菜花从河滩铺往天边,桃花和李花都盛开,河波柔软极了,浸润岸边嫩绿的芦芽。风筝是集市上买来的,只有一个,彩色尾翼在淡青色天底下拖得很长。几个男生把风筝放得很高,有人拿小罐在水边捞蝌蚪,有人专心寻觅蒲公英、荠菜、婆婆纳之类的野花,采了一束,擎在手里把玩。班上不少孩子都来自农村,对田野中的玩耍并不陌生,却是第一次以上课的名义来到这里。也没有玩很久,甚至都没有走出学校多远,却像一场正式的春游。

回去后还有一节课,当场写作文,题目是《我的春游》。晓露说,把刚刚看到、听到、闻到、想到的,不论什么,用自己心里的话记下来就可以。虽说写作文仍是苦差,但学生们从此却很期待,老师下次会带我们去哪里玩?

很遗憾并没有下次。教师上课期间未经校领导批准,带学生离开学校,是很严重的问题。雪芳毫不避忌晓露，在办公室评论此事，说从来没听说作文课能这么上的。班主任不是光哄孩子高兴就行，课上怎么能随便出去玩呢？

校长也单独找晓露谈话，很诚恳地提醒，每年学校都有春游，但必须统一行动。如果出了事谁负责？学生掉到河里怎么办？路上不小心遇到车怎么办？

无从解释，只好认错。那时学校管理其实并不严苛，校长慈爱地拍拍她的肩："我知道你是优秀的好老师，下次要出去，可以提前跟我申请，我当成课外活动批准。不过不能太频繁，也不能走远。你班上的陆帆还在全国性的杂志上发表作文了吧？真了不起，为我们陆桥镇小学争了光。"

既然不能随便离校，晓露就带学生们观察校内植物，记录品名和花期。看到池边垂柳，就教孩子们"人事推移无旧物，年年春至绿垂丝"；七姊妹花团团簇簇，教的是"蔷薇风细一帘香"；垂丝海棠盛开，就是"试问卷帘人"；闷湿的六月，教"黄梅时节家家雨"；七月放暑假，开学后正好教"终日向人多酝藉，木犀花"。学生们

校长

对晓露非常崇拜，就算是家里有不少课外书的陆帆，也只稍微翻过《唐诗三百首》，选了几首简单的背过而已。

几个好学的孩子私下问晓露怎么记得住这么多诗句。晓露笑说，如果你们喜欢，慢慢也能记住。有时女学生们课后去她宿舍玩，看她桌上堆着的诗词集，很羡慕。她就让学生们在本子上写借出日期，约定当月归还，还书时再写个日期。像小图书馆，虽然她并没有多少书。孩子们很守信，异常宝爱老师的书，绝不舍得弄脏一点。

只有放长假，晓露才会回老家。有时她父亲，一位不容易让人记住长相的普通中年人，也会来学校看她，送点家里的食物。听说她父亲是木匠，年轻时在外地做工，这几年她母亲身体不太好，才留在本地接活，家里应该还有地。晓露父亲话很少，对所有人都非常客气，对校长尤其恭敬，只是一味躬身。手不知往哪儿放，也不敢伸上前，连连感谢，"多亏朱校长关照"。校长柔软宽厚的大手亲切地握住那关节突出的黑乎乎的手，上下虚虚摇了摇，一种有身份的人才讲究的礼节:"你好你好,张老师是我们非常优秀的老师。常来玩!"

晓露把父亲带来的土产分了不少给美竹,美竹就给晓露做饭,算礼尚往来。美竹在宿舍安置了煤气灶,自从跟食堂师傅搞好了关系,就可以跟食堂一起顺道充煤气罐,对方还直接帮她搬到宿舍门口。有了煤气灶,生活大为改善。晓露却怕麻烦,只有一个电饭锅,最多焖香肠菜饭吃。美竹劝她也买个煤气灶,她却说宿舍地方小,电饭锅足够了。美竹又劝她用小电炉,不占地方。她说怕跳闸,何况学校也不让用。美竹笑,那你跟着我吃吧。于是两人不仅一起去厕所,偶尔还一起在宿舍吃饭。美竹父亲在外地做生意,母亲在城里人家做保姆,家里还有个弟弟念高中,多少不拘,她每月都给母亲汇钱。

有一天夜里,美竹突然听到隔壁玻璃窗咚咚响,还有口哨的长啸。光柱摇晃,也在她床头窗帘上留下幢幢怪影。很快咚咚声到了她头边,几个人影长长地映在窗帘上。她犹豫着开了灯,人影消失了,却不敢拉开窗帘。玻璃窗外有防盗铁网,似乎有人拽着用力晃了晃。哐哐哐。又是口哨声。"美女出来玩!美女睡觉了!"有人大喊,接着是四下散去的哄笑,应该是逃远了。她起身去敲晓露的门,隔壁这才开灯,过了好一会儿,木门后一张惊惶惨白的脸。

美竹胆大,凑近窗边,拨开窗帘一隙观察,什么都没有,幽暗空旷的后街。美竹挤在晓露的床上睡了一晚,两个人在一起胆大了许多,后半夜也睡着了。第二天起来,美竹回隔壁煮粥,端着小锅回来,跟晓露一起吃。晓露已切好一碟酱菜,正在书桌边对镜梳头,将头发分出上面一半,齐齐束在脑后,余发披肩,鬓边碎发都用小黑发卡收拾得一丝不乱。她从镜子里朝美竹一笑:"多亏了你,谢谢你。"

她们跟学校保卫科说起此事,要求加强防范。学校很见怪不怪似的,吩咐她们晚上务必关牢门窗。又安慰说只是街上几个小流氓,估计喝醉酒闹事。防盗网很安全,传达室整夜有人,决计没有人能进得了学校。

镇上的确有几个游荡的青年,抽烟烫头,打

架斗殴，偶尔在街上能看到他们骑大排量摩托扬长而去。领头的是屠宰场家的儿子，家里很富裕，加上几代单传，从小就被宠过头。书自然不念，中学没毕业就跟着几个朋友到处逛。中学班主任找过好几次家长，家长反过来劝道，我家做了几代宰猪生意，杀生太多，老话讲损了阴德，子孙不可能是读书种子。我就这么个儿子，家里不愁钱，随他去吧。这几个青年听说小学来了年轻老师，有人还远远打过照面，听说长得白净秀气，晚上还住校，就决定趁夜去打个招呼。

不知怎么，传得连陆帆妈妈都知道了。陆帆妈妈盛情邀请晓露去家里住几天，陆帆爸爸在外地上班，很多时候都不在家。"刚好请张老师帮我们家陆帆多补补课。"

晓露就去陆家住了几天。镇上一座老房子，祖父母住东厢，母亲和陆帆住西厢，屋内有两张床，一张换了崭新的床单，是给晓露准备的。陆帆很兴奋，她喜欢老师。那时天已冷了，夜很长，晓露建议陆帆参加一个投稿作文竞赛，陆帆妈妈也一起研究参赛规则。三人聚在灯下，把誊清的稿子看了又看。

夜里,陆帆很早就睡着了,陆帆妈妈与晓露联床轻声闲谈。陆帆妈妈也不是本地人,老家在几十公里外的一座小岛上,年轻时到城里读书,毕业后分配到图书馆。经人做介绍结了婚,那时回故乡要坐渡船,交通很不方便,父母都觉得她嫁到了好人家。也问晓露有没有男朋友,想不想在本地安家。晓露沉吟,枕头被子轻轻响动。陆帆妈妈就笑了,隔着帐子低声换了个话题。

3

晓露和美竹都是师范委培生,不是免学费、毕业后有编制的公费师范生。身份比代课的雪芳要高,但若要有编制,也得通过不定期举行的资格考试。那时每个学校的编制都很有限,又缺教师,因此才有这类权宜之计。

夜半敲窗的事暂时没有再发生。晓露住回了宿舍,也是觉得把美竹单独撂在学校不太仗义,尽管美竹说完全没事,还笑着给她比画了一下自己漂亮的肌肉。体育老师的地位远不如语文老师，跟学生家长很难有交集。

周末，一位骑摩托车的皮夹克青年突然出现在晓露宿舍门口。等他摘下头盔，美竹认了出来，是师范的同学蒋钧，也是体育专业，好像在离市区更近的一所小学。蒋钧很潇洒地甩了甩头发，朝美竹点头打招呼，又很自然地挨近了晓露。没到礼拜一，大家就都听说了，晓露有个男朋友，是老同学，教体育。

"那你们要早点调到一起啊！"大家很关心。但陆桥镇小学已经有了体育老师，难道晓露想调走？委培生没有那么多自由，不像公费生可以跟教育局写申请书。晓露偶尔听到这样的话，很窘的样子，解释说自己没有想那么多，也绝对不想调动。

蒋钧来看晓露的时候，美竹担心他们尴尬，总是找理由离开学校。晓露既没有理由留下她，也没有理由跟着她一起出去，结果总成了和蒋钧独处。湿冷的冬日，没有别处可去，在街上散步更是招摇，多半只能躲在室内。情侣在室内原本无可厚非,但在风气保守的当年,也是一桩惹人遐想的闲话。连美竹都不太好意思迈进晓露宿舍了,更不用说挤在一头过夜。偶尔在门口打招呼,美竹也极力避免视线扫过室内,仿佛担心晓露觉得她窥私,要极力避嫌似的。只有学生们浑然无知,仍旧进出老师的宿舍借还图书。

不少人都跟美竹打听蒋钧的情况,知道他们是同学。美竹也不清楚,只有体育老师这条没有疑问。雪芳很嫌弃:"以为张老师眼光很高的呢。"体育老师怎么配得上语文老师?丝毫不顾美竹的心情。又似乎一眼看到了晓露的前程,觉得"不过如此",笑道:"不知道男方家里条件怎么样,不然张老师还要辛苦呢。"

也有人一边直接问晓露,一边忍不住打量她的外表,心里想着,嘴上也说了出来:"张老师更漂亮了。"这话有一点色情意味。晓露眼皮一低,不知怎么回答,只能浮出一丝淡笑,别人更觉得她默认了宿舍里发生过更精彩的情节。

总该有人去提醒,德高望重、满头花白卷发的副校长很和气地询问晓露,打算什么时候订婚?晓露听懂了,没有订婚就传出流言,影响很坏。然而只是蒋钧主动来找她,她什么都没有答应过。转正之前,什么都不想考虑。她出于同学之谊,也这样鼓励蒋钧,让他尽早准备资格考。他却理解成这是她在筹划他们的未来,很感动,一口保证让她放心,自己会养家。他骑了好远的路专门来看她,他喜欢她,也要让大家知道她名花有主。再情不自禁,他还是控制住了,现在怀孕了也麻烦,他负不了责。都说体育老师血气方刚,他觉得自己做出了很大的牺牲。

4

就在大家对晓露浮想联翩时,陆帆的作文获得了那场投稿作文竞赛的一等奖。证书和一册获奖作文集寄到陆家,作文集前言署名是一位北京的作家,声称这场全国性的竞赛收到了来自祖国各地的踊跃投稿,经过公正严格的审核,评选出最优秀的几十篇作文,堪称小学生作文的典范。陆帆的名字赫然印在目录中间,评语说"语言清丽，情感自然，展示出小作者出色的表现能力"。这件事引起了轰动，也极大提高了晓露的声誉，连雪芳也承认晓露"的确有点本事"，又羡慕她运气好，"班上有这种好学生"。

校长在礼拜一的升旗仪式讲话上向全校师生隆重宣布这好消息，让陆帆到台上，双手捧着作文集向大家展示，接受众人热烈的掌声。他柔软宽厚的大手在陆帆头顶上摩了又摩，欣赏极了。又向出版社六折订购了几百册，命三年级以上的学生人手七折购入一册。去区里市里开会，也常常赠送领导，说这是大家的荣誉，说明我们市教育水平领先全国。

陆帆被叫去捧着书拍了几张照片，在学校宣传栏贴了好几个月，直到颜色褪去。区电视台也专门到陆家拍摄，捕捉陆帆妈妈辅导女儿的现场。陆帆妈妈在镜头前感谢了女儿的学校，感谢校领导，最感谢的是班主任的悉心指导。编导好心提醒，应该把学校和校领导放在"最感谢"的后头。陆帆妈妈赶紧重说了一遍，调整了轻重，又录了好几遍才算通过。这期节目播出的主题是"校风家风，同育英苗"，校长非常满意，安排全校师生在思想品德课上共同观看录播。各教室播音喇叭里传来他浑厚的呼吁：咳，喂喂，啊——老师们，同学们，这是我们陆小共同的骄傲。希望以此为榜样，共同创造陆小更多的辉煌！

在这样愉快的气氛里，很少有人留意晓露和美竹都没有通过不久前的教师资格考。不通过也没事，连代课老师都过得不错，已经进入二十一世纪了，以后都靠能力说话，编制要成为老皇历了。

也有不少人给美竹做介绍。美竹的弟弟考上了专科，学计算机，大家都夸有前途。做姐姐的应该抓紧时间解决人生大事。那时人普遍觉得，二十五岁若还没结婚，就成了大问题。女人的青春非常短暂，"最佳生育年龄"到二十八岁为止，千万不能耽误。

等学生们隐约觉出张老师情绪不佳，事情已过去了一阵。孩子们当然不清楚大人的故事，只觉得老师的笑容变得很少，有时还对他们发火。陆帆妈妈则听说，朱校长想把晓露嫁给自己的小儿子，晓露竟一口回绝。

朱校长有两个儿子，夫人是市里大公司领导的千金，家境极阔。传言说大儿子和朱校长不像，很像夫人的老情人。据称朱校长起先并不知情，孩子生下来一看，和自己不像，日子也不对。但岳父很看重他，上下打点，把普通教师的他栽培成校长。朱校长看起来与夫人很和睦，几年后又有了小儿子，眼睛鼻子和他一模一样，他高兴极了。

小儿子有朱校长宠爱，夫人就更关照大儿子一些。没念大学就去了外公的公司上班，后来调去上海分公司当小领导，在上海买房，娶了在国企做行政的太太，已经有一个女儿。

朱校长希望小儿子继承父业，但小儿子从来不喜欢上学，成绩一直很坏。初中时花了大力气进了市重点，仍然没有起色，倒是长了大高个儿，一身贵衣服，经常出入网吧歌厅。高中去了一般学校，勉强毕业。考不上国内的大学，朱校长就让他去日本留学，念了不知什么地方的私立学校，跟人只说"和早稻田一样，都是私立大学，离早稻田也不远"。几年后回国，文凭不知拿到没有，也不会几句日语，但穿着打扮更精致了。那时留学生很稀少，必然很有出息。他妈妈也让他去自家公司上班，起点比大哥更高，据说锻炼几年就要自己创业。

大儿子已在上海安家，朱校长希望小儿子留在本市，那就要物色合适的儿媳妇。起先也没想到晓露，觉得没编制，家境又一般。后来一想，编制有的是办法，女方家境不是问题，低一点更乖巧。于是他对晓露更为亲切慈爱，大张旗鼓地宣传陆帆，也是为了抬举晓露。

但晓露完全不领情，说自己有男朋友。朱校长笑道，是小蒋吧？他学校离得远，也没编制，你们不会一直这样两地分居吧？我们这儿不要新人，也不会放你走。就算我们放了，对方学校也未必要你。你爸爸知道你们在谈吗？要不要我去跟你爸爸谈谈？

朱校长没有去找晓露爸爸，倒是偶然遇到蒋钧时笑眯眯问候了几句。究竟说了什么，蒋钧也不跟晓露直说，见面只是闹脾气，又要晓露拿出实际行动证明爱自己，否则一切都是假的。晓露用力推开他几次，他也火了，丢下一句"早就知道你看不起我",气哼哼走了。他骑摩托车,晓露不可能去追,坐在宿舍里不动,反正没人看见,流了满脸的泪。

5

有一天作文课,晓露布置了题目,就说要出去一下。就在学生们埋头苦思作文时,突然听到楼上传来激烈的响动,紧接着窗外坠落了什么,砰!

一只保温杯躺在水泥地上,已经碎了。急速下楼的动静,晓露魂不守舍般回到了教室。学生们大气不敢出,躲在书堆后交换眼神。有几个胆大的男生举手问,张老师,怎么了?

晓露稍稍恢复了镇定,微笑道,没什么,大家作文写得怎么样了?

很快,学生们也听说,朱校长想要张老师嫁给自己的儿子,张老师不同意,生气时抢了校长的杯子扔了出去。在那时淳朴的空气里,学生们大多觉得校长是不可违逆的神圣存在,就算和张老师感情再好,也觉得张老师摔校长杯子,未免太胆大，不由得隐隐担忧起老师的未来。

　　当天回家，陆帆也跟妈妈说起此事。妈妈说，有话应该好好说，跟校长这么闹还是不太好。陆帆很难接受妈妈冷淡的评价，反问校长为什么一定要张老师做儿媳妇，张老师不是有个骑摩托车的男朋友吗？妈妈蹙眉，很不赞赏"儿媳妇""男朋友"这类成人词语从五年级的女儿口中说出，仿佛有损少女的纯洁："你知道什么？别乱说。"陆帆爸爸这一阵碰巧在家，很觉不满，沉下脸道："老师没老师的样子，课都不好好上。"又教训女儿："作文写得好有屁用，一天到晚看那些没用的书。你要上六年级了！"他叮嘱妻子少跟晓露来往，更不能随便把她叫到家里过夜。陆帆妈妈赔笑说，"以前不知道她这么不知轻重"，并让丈夫放心。

　　大人们都知道，朱校长不仅想让张老师嫁给自己的儿子，还想对晓露亲作一番鉴定。雪芳又嫌恶又不便多说，只说晓露"身在福中不知福""不识抬举"，并满不在乎地笑着揶揄，"我就没张老师的福气，年纪比朱校长大儿子还大一截呀"。

雪芳刚做代课教师时，也经常被校长叫到办公室。锁门拉窗帘，只是亲亲摸摸而已，并没到公开做情人的地步，连旅馆都没去过。朱校长有分寸，为人厚道，对雪芳一直很照顾。她丈夫听说传闻，起了疑心。雪芳立刻痛斥："谁让你没本事！你要有本事，我为啥去代课？早就在家享福做太太了！"又大声哭诉，"我帮你生小孩，带小孩，又照顾公婆，你爷娘头痛咳嗽哪次不是我端茶倒水服侍？我欠了你什么！"婆婆私下连连劝慰儿子，不要跟你老婆闹，这个家都是你老婆撑起来的。你爷娘年纪大了，只想过几天安生日子。

保温杯事件有目共睹，人人都知道晓露冲撞校长，闯了大祸。校长没想到晓露居然这么不识好歹，陆桥镇小学来来往往的年轻女老师不知有多少，头一回遇到这种不会看眼色的。他连抱都没有抱稳，更别提其他动作，实在扫兴。

生气归生气，校长并没有真的想赶走晓露。她没编制，在陆小服务年限未满，不可能随意离开。校长只是告诉她，如果不听话，在教师圈子里就待不下去。这话也意味着，只要听话，什么都好说。如此恩威并重,一个语文老师竟听不明白,辜负了校长的好意。

晓露逐渐跟学生们流露出别离之意,有几本书也不要还了。有一天班会课,她环顾众人,眼眶突然红了:"老师之前约定过,要送你们考上初中。对不起,老师要不守信用了。"

学生们震惊,认为这是砸校长保温杯而有的惩罚,老师即将被贬流放。他们很想挽留,有人说要不重新买个保温杯赔给校长,有人说我们给校长写联名信。而晓露难以控制的眼泪让孩子们意识到,这不是他们力所能及之事。不知哪个女生先忍不住哭出声,接着孩子们或受到感染,或觉得应当表现积极,很快哭成一片。这在其他老师看来更是不像话,纷纷在窗外张望。一个男生义愤地拉上了窗帘,孩子们哭得更响亮了。

秋天开学,晓露的确离开了陆小。接她班的是德高望重的副校长,家长们非常放心。孩子们逐渐习惯了副校长传统持重的教学方式,有时也会想起张老师。她去了哪里?听说是一所私立学校,想必不比陆小差。她跟陆桥镇所有人都断了联系，据说暑假离校当天，父亲开一辆小货车来接她，沉默地搬行李，离开时对传达室的门卫点了点头。

不久，美竹也搬离了学校宿舍。晓露离开后，校长终于发现了美竹的魅力，单刀直入向她抛出了问题。她想，这大概是自己重要的机会。她不愿像晓露那样闹得天翻地覆，对谁都不好。冷静想一想，以自己的出身、工作，嫁到这样的人家，实在不是一个坏选择。校长小儿子长得一表人才，很听爸爸的话，和美竹约了几次会，携带礼品正式拜访了徐家，事情就算定了。

美竹二十四岁，朱鸿远二十六，正当好年龄。元旦前订婚，开春办喜酒，效率奇高。人人都羡慕美竹的好福气，也有人感慨张晓露的歧途，这一切，她原本可以轻松得到。婚宴在市区最大的酒店举办，陆帆家也收到了请帖。陆帆考进了市重点初中，平时寄宿，并不知道这一切。小学的印象逐渐淡去，功课忙，新环境需要适应。

体育课调动灵活，老师怀孕了问题也不大。美竹身体好，接近生产都坚持上班，大家满怀喜悦地欣赏她的肚子，恭维不止。

她生了个接近七斤重的女儿，非常健康。人们都说眉眼像极了爸爸，也像爷爷。朱校长像得了初孙一样喜不自禁，当然血缘关系上的确是初孙。转年教师资格考，美竹顺利通过，从此有了正式编制。令人佩服的是，她还成功转岗成语文教师。校长高瞻远瞩，认为语文老师远比体育老师有前景，说起来也更体面。

6

陆帆考上了市里最好的高中，语文成绩尤其出色。每回被夸作文写得好，她总想起张老师。小学同学没有一个和她同一所高中，那时流行MSN和QQ，陆帆也注册了，但平时住校，绝无可能上网，跟老同学联络仍用书信。班主任对学生信件严加监控，因为禁止谈恋爱。每天早晚，教导主任都背手在学校门口踱步，观察有没有男女学生形迹可疑，一旦走得太近，必上前提醒，甚至呵斥。有一回当场抓获一对敢于牵手进校园的，性质严重，当天黄昏全校思政课上广播通报批评。

如此紧张的空气，陆帆也很少和旧友联系，更不知张老师近况。放假回家，听妈妈说张老师仍在那所私立学校，已经结婚了。

"她跟谁结婚了？"

"还是以前那个男朋友。"

陆帆很诧异："那个男的不好。"

"什么好不好的，你又知道了。"

陆帆说很想联系张老师，问她近况如何。妈妈道，你现在一切以高考为重，只要你考上好学校，就是对老师最大的安慰。

时间一晃，又过去几年。陆帆大一时参加了一个投稿参赛的全国青年文学奖，获了三等奖。蓦地涌起怀旧情绪，真的很想念老师。虽然自己大学普通，在写作上也没什么拿得出手的成绩。

已是网络发达的年代，辗转几处，就得到了张老师的手机号。如此容易，令她更不好意思。她忐忑地拨了出去，长长的彩铃，无人接听。确认号码无误，又拨了一次，仍无应答。这才想到应该先编辑一条短信自报家门。

字斟句酌:张老师,您好,不知道您还记不记得我,我是陆帆。很多年没有联系您,您一切都好吗?我已经上大学了,经常想起您。

她的手机很快响起,是老师打过来的。她急忙躲到阳台,关紧宿舍门,轻声问,是张老师吗?

"陆帆,是你呀!"晓露的声音没有变化。她完全不介意陆帆多年来杳无音讯,祝贺她考上大学,祝贺她获奖。"你一直是我的骄傲。"

"放假我想去看您。"陆帆说。

电话那端的声音却突然不再平稳:"你们什么时候放假?"

"还有一个多月。"

"我怕等不到那个时候了。"晓露终于哭起来。她还没休完产假,就诊断出乳腺癌,做了切除手术,起先恢复得不错。大约是育儿和工作太劳累,转年又复发,很快转移到各处,已没有手术价值。

陆帆只记得老师在电话里说,我很痛,实在忍不了。

陆桥镇的人们很熟悉晓露的近况,年纪轻轻

就得这种重病,可怜。坏消息传播得格外快,不久便是她的死讯。据说她女儿才两岁,父母尚在。死时至为伶仃,体重不足七十斤。转移到骨头上最糟糕,活活痛死。这桩悲剧让大家回味了很久,朱校长遇人谈及此事,也用沉痛的语调哀悼说,太年轻,太可惜了。又用推心置腹般的口吻低声道,她那个老公对她不好,家里都靠她拼命。她转移就是太累了,得了这种病不能累,太可惜了。

陆帆他们有关晓露最后的记忆,就是拉紧窗帘在教室里的那场大哭。回想起来有点不吉利。小学同学们渐渐在QQ群里聚齐了,大家前途各异,聊不出什么来。有人提议给老师送花圈,但葬礼早就过去了。有人提议下一个清明节去祭拜,结果也没有组织起来。陆帆倒是接到了蒋钧的电话,刚说完节哀顺变,蒋钧就问,能不能请你帮我写几篇论文?陆帆没反应过来,那边絮絮道,我最近在评职称,要写论文。但我哪里写得出来,张老师不在了,我记得她最看重你,你上大学了吧?写两篇论文肯定轻而易举。

她在惊愕中慌忙挂断了电话。

多年后的一个冬天,她从外地回故乡,参加祖母的葬礼。和尚和道士左右一班,从早到晚念经吹打,五彩纸幡在冷风中瑟瑟作响,她跟着长辈里里外外磕头行礼。祖父前两年已去世,那时她正在月子里,父母让她不要回来。因而这次的葬礼对她而言,似乎包含了对上一次缺席的补完。祖母近百岁离开,并不令人悲伤。葬礼结束后,除了某种飘浮在半空的虚无感,她只觉得头痛腰痛膝盖痛。躺了好久都缓不过来,心仿佛悬在身体之外,迟迟不能落回原位。所有人都老了。

在父母市区的新家住了两天,偶尔瞥见新闻:"对区人大代表、市实验第一小学校长徐美竹而言,弘扬传统美德,传承良好家风,是她坚持了二十多年的信仰。"

电视上徐美竹一身漂亮的套装,长发披肩,形象良好,对着记者含笑讲述心得。十多年前,镇上生源锐减,陆小改组合并前夕,她被调去了实验一小,转年升任校长,直至今日。

接受了一些时新观念、尤其是自己也有了女儿的陆帆忽而愤然道:"她居然当了校长。"

陆帆妈妈道,你说徐美竹?她现在可厉害呢,她老公的公司也做得很大。

"当年我们幼稚,不知道朱忠到底对张晓露老师做了什么。现在想想,那就是性骚扰,不——性侵吧。徐美竹怎么能接受?"

"你说什么呀,朱校长虽说好色,但也不大出格的。你们学校以前好多女老师,朱校长都喜欢,也都很关照。"

陆帆冷笑:"我当年就不大喜欢朱忠,他总爱摸我头和背。"

"那是朱校长喜欢你。他那时多捧着你,见人就夸。人要懂得感恩。"

"喜欢?你们太天真了,亏我平安长到今天。谁敢对我家小葵这样,我要他的命。"

"你太敏感了。"

"你们明明知道朱忠好色,居然从不戳破,还跟他客客气气。张晓露老师真可怜。"

"谁说不可怜呢?"陆帆妈妈又补充道,"不过,也因为她没有正式编制,才被人拿捏。她当初要是拼命考到编制就好了。你看朱校长什么时候对正式分配的公费师范生不客气了?"

其实回老家当天,陆帆就看到,昔日的陆桥镇小学已是一片平地。据说朱鸿远竞标成功,将要在此开发新楼盘,附近居民津津乐道于可能的拆迁范围,无不赞许朱鸿远的魄力。与无迹可寻的垂柳、蔷薇、海棠、木樨花一样,老师教过的那些诗句,陆帆几乎遗忘殆尽。

2023 年 11 月 8 日

— 养一只狗 —

"天下桂姓是一家！我们血脉相连，一起认祖归宗，重修族谱，传承家风！"树芬被侄子拉进一个"桂氏宗亲群"，群组公告这样写。点赞的动图接踵而至，侄子圈了她的号："欢迎三婶婶！"又一串咖啡玫瑰刷屏。树芬回了个"谢谢"的动图，合上了翻盖式手机保护壳。

之前就听振华说过，侄子近来热衷修族谱。省城某同宗亲戚已整理了word版，据说是位退休老教师，正请各支各房确认最新信息。修订后将印刷成册，届时各家均可购买。现阶段已群发修谱捐款倡议书，"捐五百元可在分支族谱特别留名，并留全家福照。捐两千元以上者另附本人详细经历"。已婚女儿也可与女婿同时记名，若捐款贡献大，女儿下一代的名字写上去也没问题。

养一只狗

侄子游说了好几次,盛赞妹妹是名校博士、大学教授,妹夫也是大学教授,了不起,绝对应该在族谱留一笔,写篇传记都够资格。树芬和振华态度冷淡,只捐了一百块,也不多说什么。过一阵侄子又来,说妹妹是我们桂家的骄傲,不需要自家掏钱,我们也要把她一家名字写上去,大家都沾光。已婚未育的年轻一辈名字下可以留两个儿辈空位,妹妹教授之家,应该写上儿女的名字。

振华不理,树芬还敷衍两句,说没必要写,你妹妹忙,不好拿这种事烦她。侄子说,我就是晓得妹妹忙,才没直接问她,而是来问伯伯婶婶的呀。照妹妹的才华地位,以后孩子至少应该有一个姓我们桂才对。

也不是没跟女儿催过。读博时不能提,一提就翻脸,难得回家过年吃饭,也能立刻离席。毕业留校做博后,也谈了男朋友,总该考虑结婚要小孩了吧?忙着出书申经费,一听树芬电话里提"什么时候考虑……",话还没说完,女儿就冷冰冰地说,现在不考虑,忙,你们不要老盯着我不放。博后出站,顺利找到工作,跟女婿同在北京,这下总归安定了，还是不听，总说忙。稍微多催一句就直接挂电话，平时只会转发些某某青年教师工作辛苦英年早逝的新闻到家庭小群。树芬小心翼翼地说："你这么优秀，不要那么拼了，身体最要紧——"女儿一副夏虫不可语冰的口吻打断她："你们说得轻巧。我的意思是让你们别催，再催搞不好我就要累死了，到时候也上新闻。"

话说得太难听。她心里很不舒服，但说不过女儿，只有闭嘴，否则不知还有什么难听的在后头。过后振华还一直数落她，认为她没有尽到母亲的职责："你要多劝女儿，生孩子这种事，你更方便说，这是眼下我给你的头等任务。"他在女儿跟前多数装好人。

女儿从小学习好，一路拔尖，大家很羡慕振华、树芬。树芬早习惯了这种理所应当的优越感，总是谦虚地笑笑说我女儿自觉，我们都不管的，给她绝对的自由，反而成绩能上去。人们听到这话，笑脸多数因嫉妒而僵住，那时树芬也没觉得尴尬。但女儿接近三十岁，情况发生了变化。人们先是关心，你家桂馨博士还没毕业呀？还要念几年？啥辰光结婚？先领证再毕业也可以的呀！终于结婚了，只在女婿老家办了一场婚礼，离得远，这边的亲戚都没有过去。女儿还抱怨浪费时间，绝不肯在自己家再办一场，份子钱也不好收。

婚后第二年起，大家见到树芬都要问一句，还没做外婆呀？或者，要做奶奶了吧？近年时兴把外婆也叫奶奶，男女平等，"外"字太难听。起先树芬表现出开明进步的母亲应有的态度，笑说女儿有自己的打算。后来人们的语气逐渐紧迫，还有本家亲戚神秘地凑到她耳边说悄悄话，推荐一种非常灵验的中药，"吃几服调理一下，马上见效，明年这时候你就做奶奶了"。她在电话里很随意地当笑话讲给女儿听，女儿立刻说，这些人能不能少管闲事。她说，人家也是关心你。你不知道，现在遇到个认识的人都会问，我真是难办……女儿冷笑，要生他们自己去生，别理他们不就完了。

树芬二十六岁时生女儿，在那时是少见的晚育。恢复高考那年，她高中毕业没多久，被老家公社抽调去文艺队，办广播站、组织宣讲队，可以挣工分，顶替部分农活。周围人都眼红，因为不需要去地里吃苦。突然收到高中回校补习的通知，十里八乡的人都浩浩荡荡赶考，热闹极了。初试顺利通过，但随后没有通过体检。因为周围落榜的人很多，当时也不觉得特别遗憾。后来听说，有可能是被冒名顶替，但无从追究，也就算了。

母亲刘菊贞身体一直不太好，怀小女儿树美时有好几个月都住在父亲陶广镇的单位宿舍，城里去医院方便。广镇在水文站上班，当初亲戚介绍的工作。树芬留守老家，照顾弟弟树宏，还有许多鸡鸭和兔子。第二天上考场，前一天还得干活。菊贞觉得亏欠女儿，要她脱产复读，没想到接连落榜，成绩一年不如一年。后来接受了正经高中教育的应届生底子好，她完全跟不上，非常懊丧。补习班离老家二十多公里，平时住校，老朋友越来越少。很多人放弃了，也笑她，还考什么呢？不如去厂里上班。但进厂也难极了。市里的国营大厂，比如纱厂、棉纺厂，都是分配制，每个大队几个名额，条件异常苛刻。要么是纯农户出身，条件极苦，要么是家里有关系。镇上只

养一只狗　　181

有小厂,但也需要托人,不是随便能进的。

有人找菊贞做介绍,菊贞一概回绝。对她态度极坚决,要她赌口气。"你个子小,瘦得像蟛蜞,进厂哪做得过别人。结了婚就得生孩子,有你的苦吃。"父亲广镇也说,什么时候又取消考试了,你再放弃。

现在树宏仍会抱怨,说爹妈偏心,只给姐姐复读,不给他机会。"我成绩明显比姐姐好多了,只要多考一次,现在也是大学生了。姐姐你要负责,以后我养老就靠你了。你多好,念了大学,还有退休金。"几十年不变的老话,理直气壮。

树芬从来不搭腔。父母最看重树宏,高中接他去市里念,托人进了好学校。高一就谈朋友,逛舞厅,很晚回家,广镇根本管不住。有一次甚至差点跟广镇打起来,因为不许他逃课去跳舞。高考落榜,广镇菊贞要他复读,他不乐意,想进厂,要家里托人找关系,那时国营工厂的工人很吃香。树芬又一年落榜,她一看到数学题就紧张眩晕,手都握不住笔。但树宏已经在镇上小皮鞋厂上班,对复读毫无兴趣。国营大厂太难去,退而求其次回了老家镇上。班主任也劝她放弃。那个戴厚方框玳瑁眼镜的语文老师，让她不要耗下去了，回家把弟弟换来，男孩头脑聪明，更有希望。后来班主任去了报社工作，仍戴厚框眼镜，有时在学生群里转发桂馨发表的论文，夸树芬教女有方，一代胜一代。"我一直觉得你特别有韧性，一定会成功。"顺便夸她。

那时大家提起树芬总说，怕是钱都打了水漂，年纪再大就嫁不出去了。也有人揶揄，人家以后是大学生！有高中同学家里看上了她，说只要她肯做儿媳妇，就能把她安排进镇上绣花厂。她去厂里看过，一间小民房，每人一张绣绷，挨着玻璃窗边借天光，窗外是棕榈树蒲扇般的碧叶，簌簌扫着浅绿色的玻璃。一般是绣枕套，熟练工会绣被面。新手有师傅教，她也学了半天，绣了一小块手帕，白棉布边角一簇红白淡紫的月季花。高中同学身材瘦高，嘴有一点龅，总是下意识用嘴唇包紧牙齿，说话也尽量压低声音，不愿露齿似的。

他喜欢树芬，树芬也不讨厌他。一针一针戳

白棉布时，想的是如果进了绣花厂，大概马上就要结婚，明年就要生孩子了，孩子嘴会不会龅？从小注意应该也能避免。思绪纷乱之际，突然听到有人喊，陶树芬，你妈妈来找你了！她一惊，菊贞就在门口抱着胳膊站着，冷冷地要她赶紧回家复习。高中同学不敢留她，只是潦草地道了别。不久听说，他和另一位同班同学订了婚，后来也忘记留心，他们孩子的嘴是不是龅。

她从小就不敢违抗母亲，怕母亲失望。母亲对高考非常执着，也好面子，已经复读了这么久，现在放弃，前几年的努力都打了水漂，要被人笑死，不如拼命一雪前耻。树芬甚至想过死，头脑昏昏地来到大河上的水泥桥中央，灰暗流水滔滔而去。突然回过神，吓得赶紧后退。决不能死，那样别人说的话更难听，母亲要恨透她。她不能确信死后的世界到底是一切清零还是有传说中的地狱，她怕万一是后者。

女儿小时候就说："妈妈最怕外婆，我不怕。"那时她去南京进修，碰巧老家修房子，只好把女儿托给菊贞，也就一个多礼拜。她带了大包小包到娘家，还没开口就被菊贞喝道："宠上天了。"不过菊贞把桂馨照顾得很好，遇到邻居都会笑说："小芬家的。"桂馨感冒，菊贞喂她吃药，怎么都不顺手。菊贞一手捏她鼻子，一手拿筷子撬她牙关。威吓无效，桂馨决不屈服，大叫："过几天妈妈就接我回家了！"菊贞住了手，好言好语哄她。日后逢人就说小芬家的馨馨厉害得不得了。菊贞对树宏的女儿蕾蕾就不客气，那是孙女，自家人，可以严加管教。陶蕾从小就不喜欢表姐，奶奶最喜欢拿表姐和自己比较，她永远是丫鬟。小姑姑树美说话动听，劝过她："你是我们陶家唯一的孙女，奶奶最喜欢你。你馨馨姐是外人，所以才夸她。"陶蕾仍不能服气。不过她在外面也不讨厌提起表姐，因为有一个优秀的表姐很长面子。

桂馨和外婆始终不太亲近，菊贞规矩多，就算对人家人的外孙女已极尽礼遇，在桂馨看来还是太严厉。桂馨的祖母戴淑贤是出了名的好脾气，非常宠她。亲戚间用小排行称呼淑贤，四妈，四婶婶，四奶奶。淑贤对所有人都笑眯眯，甚至有点讨好。桂馨幼时不知听什么亲戚说过，四妈做姑娘的辰光亲眼看过自己爹被打死，胆子特别小。她娘当时就疯了。所以四妈对谁都一副笑脸。桂馨曾向母亲求证，奶奶的爸爸怎么被打死的？树芬讶异女儿怎么知道这些，只是简洁地说，被日本鬼子打死的。桂馨惊骇，脑中浮现出电视剧里常见的残暴场面，做过好几次噩梦，自己在油菜花地里拼命逃，鬼子紧追其后，平原无处可藏，还是响起了枪声。代入了祖母的视角。

戴淑贤1928年生，上面有三个姐姐，下面有弟弟妹妹各一个。桂馨喊祖母的弟弟舅爹爹，是小学教导主任，沉默威严的矮个老人，七十岁出头就得病去世了。祖母的姐姐妹妹们，桂馨都按排行喊姨奶奶。小姨奶奶家住得不远，走动最多。淑贤的大襟布衫都是妹妹淑惠裁剪。有时淑惠早饭后就过来坐坐，和四姐姐聊会儿天，就开始做衣服。一大块布平铺在大方桌上，夏天是素白或月白，春秋是靛蓝，对折，再对折，剪出形状，烫边，做盘扣，一天工夫就完成。淑贤只是在边上帮忙递尺子或剪刀。大家都说四妈菜烧得不好吃，衣服鞋子也不会做。

桂馨小时候和祖父母在一起的时间很多,父母工作忙。祖父已退休,教她临帖,写得好的就在边上画个圈。淑贤在边上做点针线,有时也帮她磨墨,含笑看她提笔练习。有一回桂馨也让祖母写字,祖母推让了一阵,最后悬腕在砚台盖背面写了"桂馨",秀气的两个小字。桂馨很意外,以为祖母是完全的旧式妇女,不识字。墨迹渐渐在砚石上隐去,祖母无论如何都不肯在纸上写字。

树芬觉得淑贤比菊贞更好相处,她们之间最严重的矛盾无非是以前管教桂馨时,淑贤常常护短。桂馨初中毕业后,才和父母搬到市区的新家,开始了一家三口的生活。树芬和振华当然喜欢小家庭的自由,终于有了自己的房子。只有桂馨不习惯,她出生以来的世界就是一家五口。

回老家过七月半,路过镇上的市场,振华停了车去点心铺买小笼包。树芬独自去摊铺,一圈转下来,买了熟大肠、猪肝、豆腐、酱鸭、鲫鱼、茭白、莲藕、丝瓜、扁豆、芋头,今天振华的妹妹振英要来。又在桥头小店买了烧经的黄纸、冥币、叠好的金银箔元宝。侄子中午也来给祖父母磕头、烧纸，午饭叫他父母一起来吃。树芬做了炒藕片、茭白炒肉丝、红烧鲫鱼、芋头扁豆炖肉、丝瓜烧蛋汤。侄子又提起家谱，说给妹妹还空着子女名与传记的位子。振华很不赞成，什么传记，年纪轻轻，不作兴。侄子笑，妹妹是我们家学问最好的，写上去光宗耀祖。他下午请了半天假，不去上工，因此陪振华喝了点啤酒，脸颊与鼻头已经红了，很怀恋的样子："妹妹啥时候回来？好长时间不见面了。"

起先树芬只听桂馨说最近有点不舒服，跑了几趟医院。她自然担心，问医生怎么说，一定要好好检查。问得多了，桂馨不耐烦似的，突然告诉她，胎停了，十一周，做了稽留流产，住了几天院。语气十分冷淡。树芬耳内轰然一声巨响，想起不久前刚催过女儿要孩子，还为女儿暴躁的语气伤过心。但桂馨显然不想听到母亲的劝慰，很肯定地总结说"已经没事了"。树芬说想去北京照顾女儿几天，立刻就要动身。小月子也要坐好，她当初就请假卧床过一周。但桂馨拒绝，似乎很反感"小月子"这个词，只说不用麻烦跑远路，自己也分不出精力。

"不要你分什么精力，我就是去照顾你的。一定要好好请假休息几天，可能太累了……"

"休息过了，不是因为累。"桂馨打断她，"这种情况很常见，不是我的责任。"树芬还没来得及辩解"我没有说是你的责任"，就听女儿很肯定地说："好了，真的不用你来，不是跟你客气。"

挂断电话，树芬想起当年自己怀孕没多久，刚好回娘家，便跟母亲提起。菊贞厉声制止，命她不要说出口。一种迷信，胎儿没有进入稳定期，不能轻易说出来。菊贞的训诫很刻薄："还没到三个月就到处说，以后要是保不住不是让人笑死了。"树芬听来极刺耳，从此如履薄冰，直到平安分娩才勉强松口气。桂馨之前没透露一点怀孕的消息，是因为跟自己疏远，还是因为也恪守这种迷信？女儿不是那种愿意跟母亲分享一切心事的类型。树芬此前一直担心女儿不喜欢孩子，过度专注工作，因为女儿一听催生就发火。她不知道，这次是女儿有意准备所得，只是失去不在预料之中。

终于拿到长聘,也过了三十五岁,桂馨突然觉得或许可以要个孩子。甚至内心有某种强烈的渴望,像失水失肥的植物突然努力开花,秋后的昆虫赶在寒冬到来前拼命产卵。丈夫章越事后感慨过一次,"要是不去广东开会就好了"。桂馨认为伴侣将失去孩子的责任归到自己头上,毫不客气地斥责他。章越先也不吭声,后来忍不住说:"你别把力气花在跟我吵架上,先好好休息,再怎么吵孩子也不会回来了。"少不了大吵一场,章越很怕,尽量不惹桂馨。他不说话,她更暴躁,安静下来情绪又极低落。她原以为只是身体排出一块小小的没有生命的血肉而已。

是荷尔蒙的影响,她劝告自己,但理智完全失效。医生说她恢复得很好,夫妇染色体检查结果也无异常。超过三十五岁妊娠,早期流产的风险会逐渐变高,一切只是概率问题。坚持健身,保持愉快心情,一定会迎来健康的宝宝。她没有健身的习惯,健身可能延长的生命与健身所花的时间差不多相抵——有学者如此宣称,所以不需要特别花时间健身。她也不知心情如何才能愉快，巨大的丧失感令她震惊，在路上看到陌生的幼儿也会发呆。她从来没想过自己会这样。

桂馨是读博时谈的恋爱，章越高两届，家里条件不错。婚礼排场很大，那时桂馨博士刚毕业，章越也找到了教职。房子是两家一起买的，他家出大头。振华好面子，给女儿准备了丰厚的嫁妆和礼金。若不是女儿极力制止，他可能还要按故乡风俗准备暄满新棉花的红绿彩缎被子。尽管女儿脾气很坏，一开始对婚礼就很没耐心，但还是按婆家的安排完成了所有节目，一身金线织绣的新娘盛装、满头珠翠地被女婿从车内抱出来，接受人们的欢呼和爆竹声的洗礼。也老老实实给公婆鞠躬敬茶，在众人注视下轻声改口喊了爸妈。

章越父母听说了桂馨的流产，是章越不小心提及，他也很失落。他妈妈坐不住，隔天就搭高铁来了北京。桂馨家房子不大，章越妈妈利索地收拾了半天，厨房浴室擦得锃亮，又买菜做饭，专挑滋补养气的食物。傍晚桂馨下班回家，已听说婆婆不打招呼即来。刚进门婆婆就上前扶她，怪她怎么不多休息几天。又上下端详她，说她瘦了，气色不好，一定要好好补补。等章越到家，桌上已摆好汤菜，海带排骨汤、红枣炖鸽子之类。鸽子是章越妈妈从家里买了冷冻好带来的，她抱怨北京菜市场鲫鱼不好，早知道也从家里带好了。又问他们平时都去哪里买菜，看厨房的样子就知道不怎么开伙，叮嘱说再忙也不能天天吃食堂。她给桂馨盛了一碗鸽子汤，又拆了一只鸽子腿放到桂馨碗里，说鸽子比鸡更补。桂馨从未吃过鸽子，一闻味道几乎要吐。她看看章越，示意他喝掉那碗鸽子汤。章越在母亲面前换了个人似的，格外乖巧孝顺，忙着给母亲布菜，又贴心地关照妻子多吃。章越妈妈心疼极了，说孩子们都瘦了，怪他们平时不好好吃饭。"当初找个离家近点的学校就好了，我也好给你们烧菜做饭。"桂馨勉强吃了些排骨，鸽子放在一边，看都不想看。章越妈妈劝了好几次，章越终于说："妈，她不吃鸽子，你随她去吧。""当药吃也要吃下去呀！对身体好的。"章越妈妈非常可惜，只好由儿子喝掉了鸽子汤。

家里地方狭窄，晚上章越妈妈睡客厅的沙发。桂馨觉得很不自在，提出自己和章越睡客厅，让婆婆睡卧室。章越妈妈当然不同意，执意在沙发上躺好，表示这里足够舒服。桂馨回卧室躺下，背身在微信上质问丈夫为什么多事让婆婆来，又为什么把事情告诉他们。章越很无辜，翻身在她耳边小声说："没想到妈一定要来。"桂馨推开他："我妈妈也要来，被我拦住了。你怎么就不能拦住你妈妈？"章越又贴上来："她来也是为了照顾你。"

每天，婆婆变着法子炖汤烧菜，又催桂馨去看中医。她下班越来越晚，婆婆着急，跟树芬打微信电话，倾诉自己的忧虑与关切，让树芬多劝劝女儿，不要那么拼。树芬自然说了许多感谢的话，又担心女儿不愉快，婆婆到底没有妈妈好相处。不由得后悔自己没有坚持过去，她是百般顺从女儿的意思，却没想到亲家先去了。

一日起来，桂馨泡咖啡，机器一阵钝叫，升起久违的温暖香气。还没喝到嘴，章越妈妈就惊道，现在怎么能喝咖啡？又说咖啡性寒，备孕时绝对不能喝。桂馨若无其事地倒了一杯,径直往电脑跟前坐下。婆婆在后面苦劝,又不敢话说得太重。章越也劝她:"要不最近就别喝咖啡了?省得妈担心。"桂馨道:"医生也说现在可以喝,有什么好担心的?"他皱眉:"不也有医生说平时最好避免摄入咖啡因吗?不能专挑你自己爱听的话信。"咖啡的危害宁可信其有,她无法证明其"无",毕竟自己刚刚经历了不可知的失败,还好婆婆没有当她面疑心她从前喝咖啡的习惯和流产之间的联系。

到底去看了中医,章越朋友介绍的大夫,一号难求。候诊室坐满了全国各地来的女人,大多脸色愁苦。偶尔也有扶腰挺腹缓缓挪步的,不知是不是要保胎。有人直接在过道里煎药,蹲踞在小风炉跟前。章越妈妈一定要陪着来,有了位子也硬让媳妇坐。桂馨推让了好一阵,被婆婆摁在座位上。周围女人看看她们。

大夫慈眉善目,穿一件松松的本白对襟褂子,带点南方口音,看不出年纪。诊脉前先问桂馨八字,输入电脑,对着结果沉吟了一会儿。章越妈妈很好奇，问有什么要紧。大夫只笑笑说没事，先看命理再治病，大家都这样。章越妈妈忙问命理怎么说，大夫微笑说都很好，再不透露半句，便开始为桂馨搭脉。桂馨一向不大信中医，外祖父陶广镇当初生病，也没少吃中药，最后肝和肾都坏了。没有人提，因为没有人敢于一开始就拒绝尝试，只道没有医缘。看中医最要紧是缘分，怪只怪无缘遇到好医生。

不等大夫发问，章越妈妈就交代起这次小产。一个多月前的事，吃了药，也做了清宫手术，一直食疗调理，还是不放心。不知还有什么没调理过来的，一定请大夫帮忙看看，开几服药。大夫已搭完脉，不慌不忙地说，身体没有大问题，气血稍有虚弱，吃药之外还可以试试练八段锦，早睡早起，颐养心神。章越妈妈仍不放心，问什么时候可以再要孩子，还有没有什么要注意的。大夫微笑道："这次月经结束后就可以同房，您不用太担心，顺其自然就好。"

一时开了药方，章越妈妈千恩万谢。大夫建议去同仁堂抄方抓药。桂馨给婆婆叫了车，让她先回去，自己则另外打车去同仁堂。忙碌大半天，等取完药回家已是黄昏。章越妈妈做齐饭菜，只等章越到家开饭。一时后悔让桂馨自己去抓药，折腾太久，应该让章越去，一时又道尽早抓回来尽早开始吃也好。已从菜市场买回砂锅药罐，晚上就开始煎。

桂馨夫妇不会煎药，还是章越妈妈动手。光是苦也没什么，加了补血的阿胶，一股热烘烘的腥气，桂馨直想吐。章越妈妈劝："良药苦口，越难吃越要吃，吃了就好了。这不是同仁堂抓的药吗？同仁堂最好了呀，趁热赶紧喝。放凉了更难喝。"勉强喝了两口，想到"不信不医"，她既不信，喝这个又有什么意义？果真准备好继续要孩子了吗？这样的丧失自己还能再承受一次吗？莫不是上天也知道自己心意不坚，早早收回了孩子？一时心烦意乱，居然把喝下去的都呕了出来。章越见她这般，说要么今天就算了。章越妈妈不满："你知道什么。药哪有不难吃的，这是为你们好。"又劝桂馨多漱会儿口，硬哄她把剩下的药都喝了。次日早起，用平板电脑搜了八段锦的视频，拉桂馨一起做。此外诸如不要生吃水果、不要久坐、睡前泡脚等养生妙法，也都逐一监督桂馨实践。

很少有人知道桂馨近况，职场上最忌讳这些。早有准备评正高的同事当面问她"你家章老师也不想要孩子呀"，又推心置腹道，"孩子越早要越好，不然身体真受不了"。桂馨从小在竞争激烈的好学生圈子里混，自然听出这话的意思，对方是希望她被生育绊住几年。桂馨担心身上有药味，出门前反复漱口，香水不能喷，早被婆婆收了起来。如此同在屋檐下生活了两三周，药已吃完，八段锦已练熟，章越妈妈觉得不必再打扰小夫妻生活，百般叮嘱一番，搭高铁回家去了。少不得跟树芬通话，细述儿女情形，大夫如何说，如何遵嘱服药，一切不必担心。树芬感激不尽，章越妈妈笑说："你跟我客气什么，都是自己孩子，只盼他们快点有好消息。"

但长辈们渴望的好消息迟迟不来，章越妈妈差点又来北京照料他们生活。老家也有治不育的名医，打算春节就带她去拜访。岂料桂馨坚决不去章家过年，连自己家也不回。章越做出巨大让

养一只狗　　197

步，说要不先去你家过年，之后再去我家。桂馨说要回你自己回去，我两边都不回，很公平。章越说，哪有这种事？你越来越不讲理了。桂馨也不争吵，打定主意不动身。章越无可奈何，怕独自回家不好交代，干脆也不回，只说票不好买。两边父母互相快递了年货，又打了几通电话，章越妈妈认为桂馨可能在早期保胎，不回来也是对的。树芬跟桂馨电话，自然不敢多问，过年忌讳总是更多些，只宽慰说过年不回家也没什么，路上人多。

年节的北京街道通畅，小区清净。桂馨自有许多事要忙，申请社科经费，写论文，完善书稿。前一阵因为总去医院，耽误不少。章越见妻子如此，只觉寒心，又觉得她太不给自己面子。她一直这么自私，天塌下来都不忘自己的事。他比她早入行，业绩也多点，自然不觉得有什么竞争感。但她显然不是老师辈常见的贤良淑德的师母型学者，甘心为他付出。她学生时代就特别拼命，除了写论文没有什么爱好。他一直很想要孩子，同龄人不少都做了父亲，固然很多人都没找同行做另一半，学术圈外的妻子有更多时间顾家。也谈不上后悔，他一直向往老师辈的学术伉俪，希望自己的孩子生在学术氛围浓郁的家庭。

但桂馨自那之后就不再提孩子的事了，对他格外冷淡。他积极陪她练八段锦，想和她一起出门跑步，都被她拒绝。有一天忽而知道，她居然通过了日本学术振兴会海外学者的访问项目，还是朋友跟他说，恭喜你家桂老师。

访问项目的申请时间在前一年夏秋之间，推想起来正是他们备孕的时候。她让他严格保密，他本来也不会跟谁说这些私事。她去医院做各项检查，补牙，打风疹疫苗，吃叶酸片。他戒烟禁酒，锻炼身体。她仔细研读备孕资料，晨起记录体温，检查排卵试纸，以严肃的态度知会他时机已到。而与此同时，她居然在申请出国访学。那么多烦琐的申请文件，她一声不响。她真的想要孩子吗？他越想越难以忍受。心想看她什么时候说，她却很沉得住气。他只得挑明，问她打算瞒到什么时候。她淡淡一笑："没有要瞒着你，正准备跟你说呢。"章越讽刺："结果出来好几天了吧？

这种大好消息,你也不愿意第一时间跟我分享?"她道:"我也没想到就通过了。"章越冷笑:"难道你舍得放弃不去?有了这个回来马上能评职称了吧。"她反问:"换你你会放弃吗?"

她评副高的业绩已足够,只差海外经验,不像他读博时去美国交换过一年。他不气她即将去海外访学两年,反正日本不远,他也时不时去开会。他气她不声不响,什么都不跟他商量。好几年前他也申请过学术振兴会的访学项目,请相熟的日本老师写了繁杂的推荐资料,结果落选。她怎么就顺利通过了?很难说没有一点微妙的不满,当然也不是嫉妒。他怎么可能嫉妒她,她有什么值得嫉妒的,他只是觉得日本学术圈不过如此。那位帮她写材料、接收她做访问学者的日本老师他也认识,桂馨不可能和那老师有什么特殊的关系,就是她运气格外好罢了。他忽而问:"如果那个孩子没有掉,你怎么办?到时候你把刚出生的孩子丢家里出去?还是说一开始压根就不想要孩子?"

她不再说话。她只是按部就班做分内的事,

倘若反过来，是他在孩子出生不久要出国，他不照样也会去吗？她事先不说，只是觉得他会劝止，况且哪知道会通过。万一真赶上孕期或哺乳期，也可以申请推迟项目。她懒得解释，没有什么需要自证。

他也相信她失去胚胎的痛苦不假，想要孩子的愿望应该也真，不该刺激她。他们的客厅兼作书房，中间一排书架起到屏风的作用，两边各有一张书桌，互不打扰。她是在家里写的申请书还是在办公室？他从来没想过去翻她的书桌。

在婚姻里，章越没有做过什么错事。既没有像同侪常有的那样出轨女学生，也没有不尊重桂馨的事业。他向往完满和睦的家庭生活，自认为非常理解女性困境。他只不过谴责了几句桂馨自私，在气头上说"要不离婚吧"。没想到桂馨居然说："还好我们没有孩子，要离婚很容易。房子我们家也出了首付，你把那部分现金还给我就行，加上我一起还的那部分贷款。"没多久真的给他微信发了一个数额，还附上计算式。

如此冷血，说出去都没人信，的确是她一贯

的作风。他甚至疑心她是不是有了外遇，无论西医中医都早说过他们可以继续要孩子，但那之后她始终不愿与他亲近。憋不住翻了她的微信，心想若发现了什么一定要录屏保留证据，他可以整理成论文格式的控诉文，pdf文档发给她的领导，这样她肯定出不了国。但一无所获。她发现他疑神疑鬼，难以置信，又不免爆发争吵。开学后非常忙碌，吵架也奢侈。她在家也总戴着耳机，偶然瞥见她手机上开着一档日语新闻节目，有时还对着b站日语新闻视频练听写。她热爱学习，有足够的毅力应对难关，但对他不是。

听说桂馨要去日本两年，家长们都觉得不可思议。振华觉得非常对不起章家，哪有抛下丈夫独自出国这么久的道理？让树芬去问桂馨到底怎么回事，章越能不能一起去。树芬当然问不出什么，问多了女儿又要发火。

这年夏天，树芬、振华和老同学去青海湖旅游。归途特意从西宁飞北京，想见女儿一面。此前树芬夫妇从未去过女儿家，地方小，不好意思打扰小夫妻。他们自己订了两个晚上的酒店，打算顺便逛逛北京。去女儿家也像客人，只吃了一顿饭，还是树芬做的。树芬比振华退休早，之前桂馨请她来北京家里小住，树芬都拒绝，只说以后你有了孩子我一定去帮忙。这次见面，振华仔细看了女儿家的房子，感叹道，等以后你们孩子大了，得换更大的房子，我帮你们存着钱。

直接跳到"孩子大了"的环节，光是嘴上说说就觉得一切很有希望。桂馨笑笑。她陪父母逛了两天，天安门、故宫、雍和宫、北海、颐和园，天热人多，长城就不去了。树芬怕热，兴趣也不大。章越刚好要开会，没空同行，一家三口说话更随便些。他们在北海租了一艘电瓶船，在湖上荡漾着休憩。这场景在他们而言，二三十年不曾有过。桂馨从小只顾学习，树芬、振华则忙着工作，过多的娱乐令人紧张。乐极生悲，好景不长，不知他们从哪里接受了这样的教育，尽量小心谨慎地生活。桂馨给父母拍了不少照片，尤其愿意给树芬拍，夸她连衣裙好看。振华也给树芬和桂馨拍，拍完后树芬一张张确认，认为不好的当场就要删掉重拍。

有好几个瞬间,树芬都想起桂馨小时候,一家三口去本地公园玩,也去过南京,在玄武湖划过船。桂馨不喜欢走路,去哪儿都要振华一直抱着,放到地上就大哭。年轻父母非常狼狈,回想起来却很甜蜜。现在桂馨比那时的他们年纪都大了。树芬好几次想说,"要是你也有孩子该多好,就这样一家三口出来玩",但怕惹女儿不快,吞下了这些话。

振华对路上遇到的任何一个陌生人家的儿童或婴儿都流露出绝大的善意,含笑望着那些小小的脸,恋恋不舍。几年前就出现这种端倪,振华突然无比享受被叫"爷爷",总爱设想桂馨有了孩子后的情形。终于在一个他认为气氛恰到好处的时刻,三人在餐馆里吹着空调等上菜,他非常诚恳地对女儿说出酝酿已久的话:"你们还年轻,多努力,趁放暑假集中时间攻坚克难。能不能暂时不去日本?工作可以放一放,身体就等不起了。你足够优秀了,不要太拼命。你要是有了孩子,我们对章越爸妈也好交代了。他们家不知多少高兴,我们就更不用说了。"

树芬很紧张,担心女儿翻脸。她双手握住茶杯,仿佛随时准备起身控制场面。不料桂馨却很平静,客气地对刚送来菜的服务员说"谢谢",又给树芬、振华递了盘子筷子。树芬和振华都等着她回应,哪怕是反驳。但她什么都没有说,只是让他们吃菜,问他们味道是不是还可以。那几年北京开了不少精致的云南菜馆,她说这家店她常来,她很喜欢。

一个月后,桂馨动身去了日本。单位对她的两年访学项目很有意见,按学院一般规定,青年教师去海外至多访学一年。章越送她到机场,她早早取了登机牌去过安检,他坐机场快线去学校。她没有抽中日本研究所给海外学者准备的宿舍,访学的人太多,需要抽签决定。一位在日本留学的师妹教她用租房网站找到了合适的房子,可以信用卡支付,一切都很顺利。

树芬接到妹妹树美的电话,语气很急迫,妈又骨折了,晚上起床跌了一个跟头。邻居早上去串门发现了,已经帮忙送到了医院。

前几年,菊贞在自家门口避让一辆开得太快的摩托车,不小心跌坐在地,髋骨骨折。附近没有监控,且就算捉住了开摩托车的人也没用,人家不算肇事,是菊贞自己跌的。多年前广镇生病,眼看没有希望,他把树芬树美叫到病床前,有事交代。广镇单位有一套房,一百多平,地段不错,他已办好过户手续,在菊贞名下。希望儿女好好孝顺菊贞,等菊贞百年后,再卖房平分。菊贞喝止,不许他讲这些细节。广镇想口授树芬写张遗嘱,菊贞也不同意,坐在床前掉眼泪。树芬树美也跟着落泪,不让爸爸说不吉利的话。

广镇的去世很突然,上午还好好的,中午突然喘不过气。医生护士冲进来常规抢救,不久宣告死亡时刻,为广镇撤去仪器和管子,蒙好白布。葬礼结束后,菊贞执意回老家生活,命树美把城里房子租了出去。树美曾劝菊贞住在城里,大家离得近,去医院也方便。菊贞只说不要你多管。又过几年,菊贞突然召集儿女,说要开家庭会议。事先一点口风不露,到了才知道,菊贞已决定把房子过户给树宏，要求两个女儿当天去公证处签自愿放弃房屋产权承诺书。树美说，不用这么着急吧。菊贞厉声道，房子是我的，我自己拿主意。

后来树芬树美都后悔，当时应该再劝劝妈，我们太听话了。妈一发火，就乖乖签字，也没让弟弟签个赡养老人承诺书。树芬道，当时不也提过吗，妈立刻哭了，说以后死也不要我们管，让我们少担心，不会麻烦我们。树宏还赌咒发誓说一定好好照顾妈，结果呢。

亲戚们也说菊贞精明一世，这招实在走错。财产交代得太早，指望儿子大发良心养自己，根本靠不住。房子就应该攥在自己手里，儿子还会稍微巴结点。树宏平时在外地做生意，女儿蕾蕾和丈夫已在另一座城市安家。上次菊贞骨折，树宏只说自己生意忙，老婆在帮蕾蕾带孩子。树芬让他为母亲请护工，菊贞坚决不要。树宏很委屈，是妈自家不要呀！树芬只好负责照顾了大半个月，反正她刚退休。树美气不过，说妈就是舍不得让弟弟出钱。树芬安慰，算了，也没什么。

母亲对她有恩，当初容许她一再复读，她理

应报恩。何况她是长女，生来注定要多付出。戴淑贤有三儿一女，晚年卧病在床也都指望唯一的女儿振英。振华父亲去世前析产，亦没有振英的那份。树芬私下问振华，你爸爸没有悄悄给振英留点？一向那么疼她。振华道，哪能留，另外两家还不闹翻天。你们家不也没给你们姊妹留？女儿到底是人家人。

年纪大了最怕摔跤，眼看要入冬，更难熬。菊贞锁骨骨折，只能保守治疗。住院几天依旧是树芬照顾，出院后还要回家静养。振华建议，不如接你妈来我们家住一阵。但菊贞坚决不同意，大概不好意思住在女婿家。树芬树美也研究过市里口碑不错的养老院，当然不敢跟菊贞提。不少老人对养老院很忌讳，仿佛只有被儿女抛弃才落到这么悲惨的地步，进了养老院等于坐牢，只能等死。树宏仍是老话，生意忙，老婆帮蕾蕾带孩子，走不开。树美离退休还早，要上班，双休日抽空回老家看一眼已是极孝顺。子女三人互通电话，讨论如何照顾母亲。树芬树美统一战线，要树宏请保姆，不需要住家，白天过去照顾三餐就行。树宏不松口，只说妈不喜欢家里有外人。树美不敢对哥哥说重话，怂恿树芬出面沟通，勉强谈妥，树宏出钱请保姆，树芬树美有空回老家探望。

谁知菊贞一听说要请保姆，又哭起来，说自己命苦，养儿女没用，临了还要把自己交给外人。她年过八旬，除了身体衰老，头脑不昏，精神仍健。连树宏都怕她哭，左邻右舍听到不好。树芬只好暂时回老家，给菊贞做饭、擦身、洗头。菊贞生气不要，饭端到床前也摔手不吃，只说"不要你管"，险些打翻碗筷。树芬想起女儿说过她："你都六十多岁了，怎么还怕外婆。"若女儿知道她眼下的处境，不知会怎么评论。她极少跟女儿说这些家事，怕听女儿的刻薄话，也怕女儿为她担心。当初房子过户的事也是过了几年才不小心让女儿知道，女儿从未觊觎过外婆家的财产，只是为她抱不平，说外婆只知道剥削你，什么都给了舅舅，养老还是要找你。她告诉女儿自己很感恩，没有怨言，"要不是你外婆让我考试，我不会有现在的生活，也不会遇到你爸爸，更不会有你"。

"遇到我爸爸、有我,很重要吗?换个男人结婚,也会有孩子。"桂馨不赞同,"不过反正是你自己的事。"

"换个人,那就不是你了呀。"树芬道。

"你还是会有孩子,那个孩子还是会感觉到自我,那就是'我'。"桂馨从小就想过"我"从何处来,一场不可选择的降临。她希望母亲更快乐些。

菊贞哭了一阵,到底愿意坐起来吃了一点饭菜,又顺从地由树芬为她清洗头发和身体。天气很好,树芬里里外外洗衣服、晒被子,把够吃几天的饭菜放进冰箱。收拾妥当后,即要赶公交回家。树芬回家要坐近一个小时的公交,她不会开车。有时振华开车送她来,但振华对菊贞也比较冷淡,尤其是分房事件之后。临别时,菊贞忽而恋恋地拉住了大女儿的手,笑问她什么时候再来。树芬僵持了一会儿,轻轻挣开母亲干瘦如皱纸的手,又觉心软,反握了握母亲的手,又抚了抚她的头发。

蕾蕾久违地跟树芬打电话,姑妈姑妈叫得非

常亲热。拉家常,说儿子越来越调皮,不听话。树芬说,孩子小时候就是这样,会越来越懂事。几年前树宏卖掉了菊贞过户的房子,为蕾蕾置换大房子贡献了不小的力量。蕾蕾又问奶奶近来好不好,话锋忽而一转:"姑妈,我也不知道这话说出来合不合适。姑妈现在退休了,馨馨姐又没生孩子,姑妈也没什么事要忙,不像我爸爸妈妈,能不能请姑妈多照顾照顾奶奶?馨馨姐住北京,离家远,以后姑妈姑父年纪大了,有什么事可以靠我的。"

一席话令树芬措手不及。她张口结舌,挂了电话才回味出生气,转述给振华,愤愤道:"我还能指望她?"振华道:"有句话嘛倒说得不错,要是馨馨有孩子,你就可以躲到北京去带孩子,你弟弟也不好意思叫你照顾妈了。"

这段插曲过后少不得又被拿来当作劝桂馨快点生孩子的材料。元旦章越计划去日本,春节桂馨要回北京,机会很多。桂馨反道:"养孩子有什么用?看看舅舅,或者看看我,我不能让你们满意,还不如养只狗。"这是好几年前,振华做了很大的心理建设，出面催女儿早点生育，反遭抢白，气急了说过的："早知道你这么不听话，当初不如养只狗。"

桂馨随后给表妹陶蕾留言，翻出了房子的旧事，告诉她应该由她父亲负担外祖母养老的责任。"我妈妈退休了，不用带孩子，是她自己的福气，也是我格外爱惜她。就算我有孩子，也不会麻烦她，我自己想办法。你们别想剥削她。我住得再远，以后父母养老的事，也不可能不管，更不会劳烦到你。"完整漂亮的一大段话。陶蕾当下无言，很快截图发到家族群里，说姐姐太厉害了，自己吓得不敢说话，谁要剥削姑妈了？姐姐怎么这么说话。

树芬急坏了，怪桂馨多事，又怪她说话太尖刻。"亲戚之间，怎么能没个照应呢？你现在这么绝情，以后万一真要麻烦到人家呢？"桂馨说："我帮你们存着养老的钱，不用担心。"树芬道："我们不要你的钱，你自己过好生活，为下一代好好做准备吧。"桂馨叹气道："我也想你过好生活。外婆只顾舅舅，光要你付出。你身体也不算好吧，要多想想自己。"树芬眼中酸胀，只命桂馨别管家里的事，做人要想得开，不能太计较。但树宏不久真的回了趟老家，元旦时陶蕾和她妈妈也回去了。树芬更觉得不好意思，约好了过年请弟弟一家吃饭。

春节前听说，一种类似非典的病毒卷土重来。桂馨取消了回国过年的计划，提醒家人多囤口罩、消毒酒精，过年少走亲戚。树芬说，怎么可能不走亲戚？你别瞎担心。振华警告，少看国外新闻，总是夸大中国的问题，见不得中国好。章越很乐观，当初非典也就流行了几个月，冬天病毒总是猖獗，不用太担心。

后来的一切，超乎所有人想象。桂馨很长时间无法回北京，章越也不能入境日本。漫长的隔绝考验彼此的感情乃至三观，最终令彼此丧失耐心与希望。离婚的议题不再是争吵时随口一说的气话，他们都百度过离婚手续，加上关键词"一方在海外"。疫情期间回国不易，跨国起诉更是麻烦——也没到这个地步，还有"新政离婚冷静

养一只狗

期"。隔绝令他们的婚姻关系更为持久,淡化了彼此的怨怼,有了更方便归因的路径,都怪疫情,谁能想到呢。他们共同的熟人都对章越充满同情,问桂老师什么时候回国——忍不住的关怀。

桂馨并不知道自己和章越的名字被写上了新修的族谱,下面还留了一儿一女的空位。名字是振华起的,括号小字标注"预丁",意思为桂馨的下一代在族谱中留两个位子,这是女儿少有的待遇。很不合规矩,看起来章越像入赘,孩子们生下来都要跟桂馨姓似的。若给章家看到了会不会有意见?族谱印好后,振华家也得到一部,没什么用,一直放在老家玻璃柜里。振华甚至关心过领养手续,不知章家同不同意。是他女儿亏欠章家,他抬不起头,心里很难过。自家亲戚遇到他,已满怀同情。没有下一代的家庭必然隐患很多,振华担心女儿被离婚。

章越父母早已看透,没想到自家运气如此之坏,遇到了这样的儿媳妇。他们最怕别人问,你们什么时候抱孙子?也怕听说哪个亲戚朋友家最近生孩子了。他们希望章越早点离婚,男人四十岁正当年，条件又这么好，多少小姑娘排队等。找个二十多岁的年轻女孩，马上就有孩子了。就怕桂馨赖着不肯离，眼看四十岁的女人，日后能做人家后妈就算运气好极了。

桂馨的接收导师说，现在正是逛京都的好时候，以前人满为患的寺院神社，如今你可以包场。她本来对日本的古迹没有多大兴趣，既然导师这么说，得空便也照着地图去逛逛。知道了日本天台宗和中国天台山国清寺的关系，记住了禅宗五山，对禅寺收藏的中国茶器、书画尤其感兴趣。只是疫情期间寺院也常关门，她渐渐迷上了登山和徒步。

初冬的一日，同研究所的博后冯希约桂馨一起去爬比叡山，因为偶然听说她喜欢京都的山。从修学院附近出发，沿山溪穿入密林。途中遇到一些围着淡红色布巾的小佛像，桂馨便道，以前去韩国，发现韩国人喜欢在山里捡石头堆得很高，说是为了祈祷许愿。日本这些小石像也是为这目的吗？冯希在日本留学多年，又是做佛教研究，当下娓娓道来，说这是地藏石佛，此地古来信仰尤深。有持锡杖、合掌、抱婴孩等几种样式，有的在寺院墓地，有的在路边，有的在山中。像刚刚路过的那种，是山里保佑旅途平安的地藏佛。寺院墓地常见的持锡杖的地藏，都是为保佑未能顺利降生或早夭的婴孩顺利转世成人，又叫水子地藏。水子就是死去的胎儿，日本人现在流产后还会供一尊水子地藏，保佑孩子顺利投胎转世。因此寺院墓地十分常见，大大小小各种样式。合掌的地藏叫慈母地藏尊，代替母亲守护早逝的婴孩。抱着婴孩的那种叫子安地藏，主要负责求子、安产。

平时在研究所，冯希沉默少语，居然会一口气说这么多话。桂馨听到"水子地藏"，突然心底一震，想起那一小团模糊的血肉。当时吃了药，等待了很久。腹痛缓缓袭来，终于到了不易忍耐的地步。她很恐惧，忽有什么东西从身体里滑出，仿佛加强版月经。遵医嘱，将卫生巾里那团东西包起来给医生判断是不是孕囊。不敢细看，随后就在医院厕所冲掉了。流水卷走的血肉，所以叫"水子"？她不信神佛，无法理解西方宗教为何如此反对堕胎,剥夺女性对身体的自主权,荒诞至极。然而那短暂停留过的"胚胎",却始终令她难忘。过了很久,她才意识到那是一种漫长迟钝的痛苦,逼迫她承认生命的神秘与无常。她不知与谁分享这种痛苦与感悟,丈夫说都会好的,母亲说你不要那么累。水子地藏,国内也有类似的吗?或许应该供养一尊,然而她又不信。

桂馨看到新闻,最新研究表明,养狗可以有效防止老年痴呆。若是从前,肯定顺手转发给父母看,还要说,你们指望我生孩子,不如养只狗可靠。最近她不再这么做。树芬他们经历了小区封锁,食物紧缺,下楼排队测核酸,也阳过,发高烧,惊心动魄。在电话里只说没事,已经好了。也担心桂馨,看新闻说日本又阳了多少,数字十分可怕。树宏生意受到很大影响,和妻子回老家陪菊贞。本来大家最担心菊贞,桂馨也给家里买了血氧仪和奈玛特韦片,好在都没有用上,菊贞居然一次都没阳过。

小区解封后的一天,树芬和振华去菜市场。春来无信,春去无踪,天已热得根本穿不住毛衣。

护城河的柔波倒映着绵延碧树，有人在暮春的桥上钓鱼，街边落满晚樱的花瓣。市场旁好些店铺空了，贴了转让招租的告示。有人牵只泰迪走来，小狗对什么人都好奇，想来也是阔别自由空气已久。在它快活地冲向树芬、振华的途中，被主人死死拽住了牵引绳，那装扮时髦的女子嗔怪了几句小狗，悠然路过。若是从前，振华肯定会露出嫌恶的表情，狗多脏，搞不懂为什么那么多人养狗，树芬也怕狗。但这一刻，振华的神情很和善，像遇到陌生人家的儿童或婴儿那样，多看了一眼那仿佛时刻笑着的小狗的脸。

2024 年 2 月 21 日

在湖上

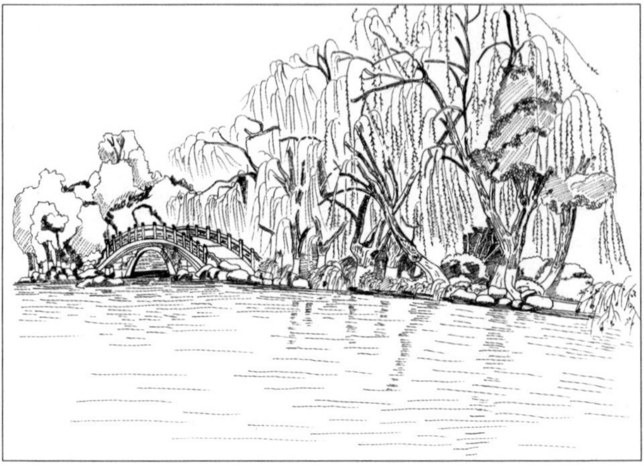

母亲一直说想卖房子，当初最反对买房的父亲反而不提。前些年看上那新开发的楼盘时，大家都说应该买，以后一定涨价。父亲的金钱观极其保守，绝不贷款，厌恶投资。但母亲很坚持，我以后年纪大了要住电梯房，你不肯买拉倒，我花我的钱。汪勤也劝父亲，新房子地段好，设计合理，小区设施齐全。买了新房，把旧房子卖了正好。

住在旧小区的老朋友不多了。十多年前，父母的朋友在上海炒楼盘赚了大钱，成了新上海人。后来，跟随儿女搬到大城市的也有不少。儿女有了下一代，父母当然要帮忙带孩子。汪勤没有给父母添这种麻烦，但自己活成了父母最大的麻烦。过去十多年间，父母用了各种方法催婚。现在她过了四十岁,父母也年近七十,对她终于绝望。

要是那时跟他们一起买上海房子的话……母亲有时会这样假设,说的是成了新上海人的那对老朋友夫妇。他们当时去上海投资房产,也问过汪勤父母要不要一起参与,说有好资源介绍。汪勤父亲坚决不赞成:"现在房子涨得太离谱,一定会跌,国家马上要干涉了。"汪勤的姨妈那时也搞投资,极力劝说妹妹不要把钱都存在银行。"只有钱才能生钱,钱存银行每分每秒都在贬值。"汪勤父亲不同意,严厉地说,不正规的金融投资太多,血本无归算是好的,小心违法犯罪,到时候进去了别说我没提醒过。汪勤母亲私下跟姐姐抱怨,我就是没有发财的命。但她不敢违拗丈夫的意志,也不敢为自己的选择负责。

买的是期房,还没建好就赶上了2020年初春。停工好几个月,业主群流言四起。父亲倒沉得住气,他认为一切挫折都是暂时的,相信经济趋势总体向好。买新房最终还是他拍板同意,动用了夫妻共同存款。他喜欢新小区的绿化,不远处有通往长江的大河,附近即将建成直通上海的双向十车道高架路,他认为这的确是有价值的地段。

好在一年后,房子还是顺利收尾,拿到了钥匙。但父亲发现,新房与之前图纸的设计有不少出入。他带了尺子仔细测量,层高缩水,踢脚线不直,楼板隔音不好,挑出许多毛病。他非常不悦,拒绝收房,也拒绝交物业管理费。母亲知道暂时搬不进新电梯房,说服自己接受旧楼的缺点。天花板墙皮鼓胀翻卷,浴室地漏时常堵塞,新搬来的邻居素质很坏,总把厨余垃圾堆在门口,见面也不知道打招呼。外地人就是这样,父亲评价,外地人越来越多了。

汪勤劝母亲不要着急卖房,又没有贷款,放着就是,现在房价跌得太厉害。母亲忧心,连你姨妈最近都把房子挂出去了,她说以后房价只会跌,尤其我们小城市。但母亲不敢做决定。

更应该担心的是汪勤自己。去年终于下决心把房子挂到网上,但燕郊这几年实在太惨淡。她后悔没有更早行动,又或者一开始压根就不应该来燕郊。那时她还年轻,公司里像她一样没有北京户口的同事,好几位都在燕郊买了房,有的甚至不止买了一套。三十分钟到国贸，即将与北京通地铁，未来将被划入北京。"距北京CBD二十五公里""燕郊给你一个家""总有一盏灯在等你"，传单纸上热烈真挚的标语与辉煌的楼群俯瞰图令她心动。想到自己租住的朝北蜗居，马桶时常出状况，厨房下水道动辄漏水，房东动辄涨价，又动辄说要卖房。什么时候能有自己的家？一定请人好好设计。

她大学时考到北京，转年赶上非典。本地同学都回家避难，她被隔离在学校。课停了，食堂去不得，附近小卖部都关了门，宿管要求每天拿消毒液喷洒宿舍三次。"非典，吾命休矣！"大家都在传这个段子。同宿舍一个女生男朋友在外校，二人隔着学校围栏亲昵，栅栏内外好些难舍难分的年轻人。这样的生活不久便结束了，像一场特殊的假期。十多年后封锁重来，她起初也相信，天气转暖，一切就会好起来。

她那离潮白河不远的家，在重大关口显出了身份鸿沟。距CBD二十五公里，却是异地进京。有一次下班打车回家，堵在燕潮大桥上，从天刚刚转黑一直到凌晨。后来她下车步行,原本在车里难熬的尿意早已麻木。在狭小空间里憋尿最难忍受,她还忍不住自虐式地摁压膀胱,看极限到底在哪里。走在灰蒙蒙潮湿的初夏夜,身体的禁锢仿佛稍有改善,不再那么关注膀胱。和她一起步行的有不少人,风好容易凉快下来,大家沉默地走着,直到天荒地老似的。

好在她的工作不坐班也能对付,领导体谅她。于是很多时候在家待着,跟甲方沟通,看材料,写脚本,跟甲方开电话会,修改脚本,继续开电话会。每个月工资照常打到卡上,还好前几年房贷已经还掉。早知道当初一有购房资格就应该买到北京去,都怪自己没头脑。

前同事葛悦比她晚一年在燕郊买房,多花了不小一笔钱,没少夸她上车早,买得对。那房子的首付是葛悦出大头,男朋友出了一小笔钱,还款是二人均摊。没过几年,男朋友情不自禁爱上别人,成了前男友。葛悦愤然卖了房子,把前男友出的首付与月供还给他,还凑了个整数当利息。前男友的新女友是葛悦后辈,当时大家都很为葛悦抱不平，前男友成了众人口中渣男的典型。但前男友和新女友后来结婚生子，过着甜蜜平静的生活，葛悦和他们也保持着友善的关系。葛悦说，可见他们之间缘分很深，我及时想开，也收获了善缘。

起先葛悦只是参加一些禅修活动，偶尔给信任的慈善基金会捐款。渐渐地，她开始吃素，花更多时间在寺院做义工。她在互联网创业极度火热、遍地热钱滚动的那几年离开北京，去南方城市投资民宿。汪勤有一次去南方出差，二人见过一面。葛悦在民宿里似乎也赚了钱，正参与某个支持乡村女性创业的公益项目。汪勤很佩服葛悦，觉得她眼光好，主见强，这些品质自己都没有。汪勤常常佩服别人，能在别人身上找到各种闪光点，也想过效仿佩服的对象，比如吃素、关心公益、探索宗教。但晕头转向整天忙下来，就想吃顿好的。为什么非要吃素？网上好多文章都说素食并不等于健康。捐款信息那么多，怎么判断真伪？看半天最后还是关掉了页面。寺院的氛围她很喜欢，但她连吃素这一条都做不到。也曾跟朋友在平安夜去北堂望弥撒，歌声和音乐非常庄严动听，但要真的相信却很难。

父母一直希望汪勤在离家不远的大城市工作，最好是考公务员，次之考教师资格，进国企当然也很好。若实在想去媒体，那也绝不该进民营企业，而应去电视台，最差也得是正经报社。若留在北京，那应选择能解决户口的单位。比如某某亲戚家的孩子毕业后考到北京郊区当公务员，头几年工资特别低，但给户口。服务年限到了，重新找到城里的工作，市区的房子也早买了。汪勤认为户口不是自己的问题，而是制度问题。她不应为了户口去自己不喜欢的单位熬几年，这跟假结婚骗签证有什么区别？

那她喜欢什么单位？风气宽松，人际关系简单的。她考大学时，这个专业还很热门。"总有一种力量让我们泪流满面"，高中语文课上，那些古老滚烫的句子被传诵与模仿。她对未来模糊想象的图景，仿佛是奔走各地采访、调查，在灯火通明的都市之夜拼命赶稿。她在父母欣赏的"正经报社"实习过，跟领导出去参加过饭局，接受人们意味深长的目光的扫视。但她迟钝，并没有受到什么实质伤害。后来听说，和她一起实习的另一个女生被领导妻子堵在酒店大堂扇耳光，照片被人发到什么论坛，很引起一阵轰动。这种事件在当年被视为有趣的桃色新闻，人们津津有味地讨论，心机深重的小三如何被彪悍的河东狮出手惩罚，男人有这样的悍妻多么值得同情，上位不成反被教训的小三多么应当遭到唾弃。她后来没有见过那个女生，好像是外地大学来的。很多年过去，她偶然发现那个领导上了新闻，说其性侵多名女实习生，已被立案调查。

世道变了，许多人跌落神坛，许多概念被重新定义，她想象过的图景早已被乏味至极的现实置换。之前工作过的一家公司已解散，报纸、杂志迅速消失，新媒体隆重登场。有一阵大家都在开发APP，她的工作重心也从写稿变成了维护微信公众号和微博账号，自称"小编"，说些圆润谦卑的话。身边同事换了许多，她熬到小中层，负责一个小团队。她很好说话，组员经常求她帮忙。她大龄未婚，比那些有家累的同事更应该加班。她的公司气氛总体良好，人际关系松散，离职率很高。出身校和学历比她优秀的应届生员工越来越多，她不太敢差遣那些才华横溢的年轻人，知道自己只是因为年纪大些才当了小领导，而不是因为能力。她努力倾听年轻人的想法，主动把"我太老了"挂在嘴边，以示谦逊，希望年轻人不要把她视为半截入土的古董。想起自己年轻时，看比自己大四五岁的人，也觉得他们老得差了辈分。那时，她还觉得自己和父母想法天差地别，简直无法交流。而随着逐渐接近中年，日益体会到力不从心和事与愿违，才猛然意识到，自己选择背离父母意愿的道路，并不见得走得更好。而父母在她的年纪，不仅有了稳定的工作，还有了她。

她并非主动选择的不婚。在她读书的年代，流行"剩女"的说法，女博士是贬义词。官方媒体说，"悲哀的是，她们不知道女人是越老越不值钱，等到自己拿到硕士、博士毕业证的时候，不料已经人老珠黄"。她不爱学术，这个专业本来就很少有人读博，读到硕士已属少见。毕业后很长一段时间内，每次回家过节都要被迫相亲。

父母反思她的"失败"：首先从找工作开始，如果当初不留在北京，那么……如果当初考了公务员，或者进了国企，那么……接着反思读硕士，如果不耽误这三年，那么……接着反思高考填志愿，如果当初在家附近读大学，那么……父母是模范夫妻，经人介绍结婚，为人正直，努力工作，尽心养育女儿，和他们同时代的很多好夫妻一样。汪勤不知哪里出了错。她算不上好看，但也没到丑陋的地步。她努力学过化妆穿搭，也坚持过跑步跳操。她默默喜欢过别人，也和人短暂地暧昧过。她成长的年代，传统婚恋观还是绝对主流，因此她的不婚并非出于前瞻的价值观，而是由于她自己也不太容易总结原因的现实。

起先她有不少未婚的朋友，偶尔聚会，时常看展，山桃花开时去京郊爬山，盛夏一起去张北避暑。渐渐地，能约出来的朋友越来越少，她也越来越难被朋友约出去。北京太大了，生活非常疲惫。有几年频繁参加朋友的婚礼，做过别人的伴娘，璀璨婚礼上千篇一律的音乐和仪式许多次打动过她。也抱过朋友刚出生不久的柔软小婴儿，内心一股温热的潮水，差点从眼里溢出来。

有一年，她在香港出差。工作间隙，在社交账号发了几张中环街景，没想到一位大学师兄很快发来私信，问她是不是在香港，很热情地说，自己正在香港访学，如果有时间，想陪她逛逛，请她吃饭。她有点意外，鬼使神差地答应了。那还是鼓吹邂逅的年代，所有文艺作品都在歌颂纯真的爱情。他们顺利见面，她甚至出门前洗了个澡，仔细吹了头发。师兄带她穿过市声喧嚣的小巷，轻车熟路地进了一家很有年代的糖水店，含笑为她推荐招牌甜点。夜幕降临，他们换了一家餐厅。师兄为她吟诵戴望舒的诗，水汪汪的眼睛凝视着她："走六个小时寂寞的长途，到你头边放一束红山茶，我等待着，长夜漫漫，你却卧听着海涛闲话。"

他们有意无意拖延着告别的时刻，师兄谈自己的工作，他即将留校做讲师。"一流人才都去了新闻现场，只有庸人才留在高校。"他很谦虚，并坚持送她回酒店。"怕你迷路。"在摇晃的地铁里有意无意地触碰她的手。坚持跟着她上楼，她居然不知怎么拒绝。可能会发生什么，她心里很清楚。但所有歌颂爱情的文艺作品里，这不是浪漫的开始吗？师兄果然跟她进了房间，她看起来像默许了一切。但她的尴尬远超期待，传统观念令她重视名分。正想着如何友好不伤体面地确认师兄的意图，师兄已热乎乎地迎面贴上来，将她搂在怀中，磨蹭她的耳畔，轻声说"我也走了寂寞的长途，我也等待着"。在她当年的认知里，还不清楚自己的尴尬足以说明师兄行为的非正义。师兄裹挟着她往床的方向移动，一切未免过于顺利迅疾。她终于鼓起勇气在师兄落下的亲吻之间问："这是什么意思？"问完的一瞬还后悔，是不是太尖锐，不够巧妙。她好像永远学不会举重若轻。但师兄停顿了一下，松开怀抱，笑眯眯地反问："你说呢？是你约我来的呀。"

她冷静下来："是你先联系我的。"

师兄又凑近她，用影视作品般抒情的语调说："是我联系的没错，但谁让你发照片暗示我了？"他摸了摸她的头发，很赞赏的语气："这个发型很好看。"她头脑嗡了一声，想起一些桃色新闻里被众人耻笑的角色，决定必也正名："我们算是正式在一起了吗？"师兄大感讶异，不再佯醉，有点扫兴似的，拍了拍她的肩膀，微笑道："没想到新闻人这么保守，怎么洞察人间啊。"师兄在房间里坐了会儿，若无其事地离开了。她竟有点抱歉，也终于确信美好的邂逅与自己无关。师兄的名字，后来在一些期刊、教材上见过。微信流行后，他主动加过她，她通过了。后来意识到，可能是微信自动添加好友的功能，不知他会不会以为是她主动添加的他。她没有多想，他们也从来没有交流。她微信好友几千人，热闹的朋友圈里偶尔瞥见，师兄带着一大一小两个孩子在国外什么大学的草坪上合影，大概又是访学。官网显示，他已升到教授，个人照片拍得很精致，眼睛水汪汪，腮帮略发福，她又想起戴望舒的诗。

将房子买在燕郊的通勤人都为了有一天回到北京去。汪勤忍耐了两年连央视都报道过的地狱式通勤，终于有了北京市区的购房资格。她的公司在朝阳区，如果要改善通勤时间，最好选择地铁站附近的小区。但市区房子涨得太快，卖掉燕郊的房子，加上新攒的钱，也不够交首付。若选择市内稍微便宜的小区，要么地段偏僻，通勤照样麻烦，要么小区太破，实在难下决心。就在她犹豫之际，三河市突然出台了严格的限购政策，燕郊房价回落，市区房价仍节节攀升。一些有了孩子的同事已进化到举全家之力买学区房的阶段，而她还被困在燕郊。现在不是好时机，她想。等燕郊地铁开通，房价早晚会涨回去，那时自己想必攒下了更多钱。朋友也劝她别着急，你燕郊的房贷已提前还了，何必这时再背一大笔贷款？在燕郊通勤是辛苦，但同事某某住固安，上班比你还远呢。

以前公司杂志还没停刊时，汪勤就写过燕郊通勤的稿子，火了相当一阵，获得许多共鸣，现在还能在网上搜到。那时他们习惯讨论一些更宏观的问题，忍不住就现实提出一点批评，比如城市规划、制度建设。后来这类批评被人厌弃，你不努力，就知道怪大环境！大城市属于成功者，混不下去就别赖着，比你努力奋斗的人多了去了。

公司创始人后来离职，去做新媒体品牌，主打旅游、美食。剩下的核心高管调整方向，转型做短视频，有财经、动漫、时尚、女性健康、母婴、宠物等多个垂直产品线。汪勤原先在杂志的社会部门，转型后该部门被砍掉，她做过女性健康，也做过母婴和宠物板块。她用过去挖掘社会问题的思维框架学习猫粮知识，品鉴不同猫粮的特性及受欢迎度，写成短视频脚本交给同事，又将图文版发到公众号和微博，绞尽脑汁想出可能获得更多点击率的标题。

转型头两年，他们公司获得好几轮巨额融资。年底账面不难看，虽没有赚钱，但投资人允许创业阶段大胆烧钱。有些同行竞品上市成功，创始人实现财务自由，中层也成功致富。这些美好的故事对他们而言是诱人的胡萝卜。业绩最好时，汪勤拿到二十多万年终奖，朝阳区买房之梦不再遥远。转年春天，她为父母报了一起去云南的旅游团，那是她成年后第一次和父母出游。父母起先不愿她花钱，但等她安排好一切，也勉强同意了。在昆明郊外的盘龙寺，母亲跟随人群进去烧香,汪勤和父亲留在殿前。过了好一阵母亲才出来,有点嗔怪地对她说:"你怎么不一起来?导游说这里求姻缘最灵。"汪勤笑笑,母亲还在一株巨大的茶树上系了小摊上买来的红线,虔诚地合掌拜了拜。后来母亲很怀念那场旅行,给广场舞好些舞友展示过手机里存的照片。照例有人更关心汪勤的婚姻状况,母亲说:"我女儿过得很自在,他们年轻人想法总归跟我们不大一样的。"

"再不一样,到底还是要成家的呀。"有人啧啧大摇其头。

"成家也不一定都好,遇不到合适的人,还不如一个人好。"母亲早已学会反抗,否则没办法在广场舞队待下去。

也有人向母亲表示同仇敌忾,比如一起跳舞的朋友吴玉珍,也说大家太多事,张口闭口问的就是这些事,很无聊。玉珍家里条件很好,独子前几年离了婚,据说前儿媳婚后总惦记她家财产,要分公司股份,跟儿子成天吵架,到底离婚了。"她结婚前看着也很好的,哪知道是那样的人。她怀孕后我亲自照顾她,后来又帮她带孩子,结果呢。

离婚时也给了她不少钱的，但孙子绝对不能给。她也不是真心想要，闹一阵就算了。我就是可怜我孙子，也为我儿子不值。"此前玉珍绝口不提这些事，最近终于愿意讲述她心中的版本。玉珍以前觉得汪勤相貌普通，有点木讷，从未列入过儿媳候补名单。但现在儿子离婚，又带个孩子，相了几次亲都不成功；汪勤年纪固然大了点，但学历收入都高，感情据说非常清白，配自己儿子也算可以。有好几次，玉珍差点跟汪勤母亲开口，问勤勤有没有考虑回家乡发展。话在心中盘得十分圆熟，差点如滚珠落地。玉珍想趁什么时候汪勤回家，找机会一起聚聚，谁知后来。疫情几年，玉珍家的生意受到很大影响，工厂反复停工，产品无法及时运送至海外。物流恢复后，海外订单却没有恢复。如此艰难境地，儿子竟交到了新女友，一个漂亮的外地农村姑娘，疫情前做网店模特，疫情后失业。二人在疫情不太严重的时候举办了婚礼，新儿媳已有点显怀。汪勤母亲参加了酒席，对玉珍恭喜不已。

　　回想起来，汪勤的公司在疫情前已有危机。

钱烧完了，几乎什么都没有剩下。当然，比起那些一夜间突逢变故、灰飞烟灭的品牌，他们还算幸运。这是他们勤恳加班、谨言慎行的善果。2020年冬，汪勤公司成功获得了一大笔宝贵的战略投资，来自某家著名的教育集团，计划推出大批教育类短视频，汪勤也成为这个板块的负责人之一。夜深人寂，刚跟领导开完线上会议，就收到领导在小群里发的长语音。那疲倦的中年男声推心置腹地说，现在我们这艘大船遭遇风浪，弹尽粮绝，你们教育板块是带我们走出绝境的拖船。

但拖船在转年夏天竟彻底倾覆。新政出台，教培行业遭遇严冬，投资撤回，已做好的短视频全部胎死腹中。失业的传言很快在教育板块的工作群里出现，领导找了汪勤。语音电话里，彼此沉默了一阵。领导说，汪勤，真对不起。今后我们公司转型做公关，所有板块都不做了，以后有合适的项目还会找你。

汪勤想起若干年前，初代创始人离开后，转型中的公司也经历过一次撤资危机。接手的新领导跟员工许诺，我们会在三个月内重新找到投资。

如果你们愿意等待,这几个月先领最低工资,当休个长假,到时我们重新开始。那真是乐观的年代,大部分员工居然选择留下,反正换个公司情况也差不多。不知是谁提议去东南亚旅游,那里花不多的钱就能吃饱喝足,到处都是鲜榨果汁和海鲜咖喱。真有十来个同事浩浩荡荡去东南亚玩,有个女孩将沿途经历画成小画儿,发在网上。旅行还没结束,就有编辑找她出绘本。那本书迅速出版,幸运地赶上影视 IP 火热的好时代,成功卖出影视版权。女孩不久辞职,成为职业绘本作家,汪勤非常钦佩她。当初汪勤没有去旅行,因为那时刚查出子宫肌瘤,时常不规则出血,她想趁临时失业好好休息看病。新领导很有魄力,一个多月后就拉到了新投资,公司重新开张,有好几位员工还在东南亚乐而忘返。

"我不怕失业,我只怕每一天的工作都是无聊的重复。"女孩的绘本上有这样一句广为传颂的金句。而今汪勤害怕失业,再无聊的重复也甘愿接受。找工作比想象中更难,投出去的简历多数已读不回;询问同行有无工作机会,和她一样失业或在失业边缘徘徊的不在少数。有时好不容易得了面试，领导却问她有没有生育计划。她答，我结婚计划也没有。领导沉吟，到底还是友善地拒绝了她。

她靠写稿和朋友介绍的零散项目维持生计，失去稳定收入令她焦虑。她失眠，月经紊乱，不规则出血，身体像从前无度加班时一样出问题。之前治了很久的子宫肌瘤稍有增大，医生仍建议保守治疗，担心影响生育。她忍不住在小红书上搜"子宫肌瘤"。海量个体叙事与各色偏方汹涌而来，只要点开一个，接下来会被推荐更多。她厌恶那些真假莫辨、垂直砸来的信息。然而自己从前，又何尝没有为了点击率和流量，积极生产过大量图文影像垃圾。

又有新政，挂靠公司代缴社保是违法行为，非京籍人员在北京若失去工作，则无法自己续交社保，只能在户籍地参保。无论如何都要找到新工作，她想。这么多年过去了，难道真到了离开北京的时候？忽又惊觉，失业后一直待在家，加上防控严格，她根本没有进过北京。

的确不少朋友离开了。那位画绘本的前同事去了日本,据说念完语言学校,考进了艺术大学。一位年轻的前下属去了香港读硕士,此前还请汪勤写过推荐信。一位前同事去了泰国,据说早在当地买了公寓。葛悦前男友一家去了深圳,他们的孩子已经念小学,深圳户口倒是容易申请。汪勤开始看外地的招聘信息,但她擅长的领域大多数岗位都在北京。现在转行还来得及吗?热搜新闻说,三十八岁名校硕士,失业半年找不到工作,只能送外卖。文科生上了年纪真要命。她转到好友群,自嘲"他比我还年轻"。

时间匆匆流逝,任何当时觉得惊天动地的事件,不多久便已褪色,新闻专业确实没有价值。她也想过自己拍视频做账号,但短视频的风口早已过去。有朋友约她做播客,但业内哪家挣了钱?说起来寥寥无几。当失业成为短期内无法解决的问题时,她的失眠反而渐有改善。帮人写一条短视频脚本收费三千元,尽量接千字五百以上的稿子,千字三百其实她也愿意。

世界全然恢复了热闹,萧条已久的房市也有

了小阳春的传言。她终于在一家新媒体找到工作，仍是攒稿子，写脚本。薪资比从前低了不少，但社保暂时不需要她担心。她接到中介电话，问房子还卖不卖，是否愿意稍微压低价格。她又心动起来，告诉中介一直想置换朝阳区的房子。那中介非常热情，当下约了人看她的房子。买家是燕郊本地人，对她房子的户型和周边环境很满意，但直接压价几十万。她迅速盘算，这快接近当年她买入的价格，几乎只有高点时的四分之一，还不算各种中介费手续费。她难以接受，中介跟她好言分析现状，说环京区域的房价一直在跌，成交量上不去，成功卖掉的都是狠心割肉的。北京房价这会儿虽也在跌，但肯定没有环京区域那么惨。以后燕郊的房子跌成什么样子不知道，但北京的房子肯定比它强，现在正是赶紧脱燕入京的好时机。

汪勤拿不定主意，但也不敢错失难得一见的买家。她在好友群讨论此事，咨询众人意见。这些朋友当初都在北京工作，如今一位移民到加拿大，一位回了成都老家，一位在天津，还有一位是北京土著。大家一致建议她立刻卖掉，尤其北京土著，哀叹自己家人在廊坊投资的房子更是无人问津。至于价格，只要不赔本就是胜利，别想着高点时如何，"咱们就没发财致富的命"。

"中介跟我说这是脱燕入京的好时机。脱燕入京，她真有才，不知道有没有在做自媒体。"汪勤说。

"你卖完了，再从她那儿买一套，正合适。现如今中介日子也不好过，就指着你的生意呢。"土著点拨。

她请中介吃饭，说明自己脱燕入京的诚意和决心。中介是位干练的河北女士，汪勤喊她张经理。张经理推荐了几个朝阳区的方正小户型，说这些也是挂了好长时间的房源，实际谈下来的价格肯定比标价少几十万。汪勤心动，立刻请张经理安排看房。几家看下来，她锁定了离地铁站不远的一处小区，东南朝向，一室一厅。窗外正对一片树林，和她燕郊房子窗外的风景有几分相似，她一下子觉得亲切。房主是一对刚刚移民到日本的年轻夫妇，是张经理的老客户，此前也错失了好几次更合适的卖房时机,眼下正打算及时止损。

在张经理的努力下,汪勤以每平米万元出头的低价卖掉了燕郊住了十年的房子。买家的资金尚未凑齐,只交了合同约定的十万元定金。紧接着去跟那对在日本的老客户谈价钱,张经理约了视频的时间。汪勤在屏幕上看到一对很有礼貌的小夫妻,对着她和张经理频频低头打招呼,已沾上了日式礼仪。

切入正题,汪勤说:"我特别喜欢你们的房子,但我实在没有那么多钱。能不能再便宜一点?我现在特别难,失业好长时间,年纪又大了,没有结婚,也不会结婚了。我想在你们的房子里一直住下去。"

屏幕里的小夫妻很客气,妻子语速稍微有点快:"我们也很难呀,一切从零开始,哪想到这把年纪还出国。我也失业好久了,就因为这个才去我老公那边的。我老公刚毕业,是最底层社畜。日本现在经济非常差,工资远不如国内呢。"

汪勤迅速在脑海中拼凑出小夫妻可能的人生轨迹。她决定从妻子入手:"那您肯定知道我有多惨，我四十来岁了，真的太难了。之前好不容易进了面试，人家问，你什么时候生孩子？担心我影响工作。我赌咒发誓说这辈子不婚不育，人家也没要我。都是女性，请您多多体谅……"

屏幕里，丈夫似乎悄悄拍了拍妻子，换了自己上阵："我们已经给出了最底线，不是吊您胃口。谁买房子不难呢？我们当初买这个房子也到处借钱。其实我们现在也不是非要卖房，放着也无所谓的。大家都不容易，我们也是听说您很有诚意，才跟张经理说咱们聊聊的。"

汪勤知道小夫妻贷着一两百万款，前几年还掉的钱绝大部分是银行利息，实际并未还掉多少贷款，绝非"放着也无所谓"。他们只是想尽量多卖点。回溯他们买房的时候，无疑正是高点。汪勤有一丝同病相怜，算起来他们更惨，至少她燕郊的房子没有亏。这场心理战决不能输，她继续恳求，但说来说去还是那几句话，自己的声音仿佛飘在空中，是别人在替她低声下气。

那边的妻子语气有些悲伤："我们非常喜欢这个房子，当初就打算自己住的。您看装修得多用心，墙是我和老公一起刷的。洗面池和马桶都是原装进口，淋浴花洒也是德国著名品牌。我其实一点都不舍得卖，谢谢您喜欢我们的房子。"

张经理见此势头，赶紧对汪勤说："您看您这边能不能把价格稍微抬一点，我们客户也说了，不能低过这个数。房子装修得是特别好，这些电器家具，我们客户都不另外算钱了。"

汪勤早听说过，中介喜欢在晚上催人签合同，拖到大家都非常疲倦，无心恋战，稀里糊涂接受条件。她很想说要不今天就算了，但这个房子的条件的确很好，同等条件下，别处没见到这么方正的户型。那边的小夫妻似乎也迟疑着，没有撤离战场的决断，空气开始松动。汪勤一面担心错过好房子，一面也担心北京的房子后面跌得更厉害。小夫妻一面不忍心割肉，一面也担心错失下车良机。日本时间已近零点，张经理对小夫妻说，我们这边的客户还要回燕郊，已经太晚了，我们今天就把合同签了吧。

双方终于谈定了彼此勉强接受的价格，汪勤在张经理的敦促下轻车熟路地签了在线合同。小夫妻那边动作慢点,一会儿网页打不开,一会儿收不到国内验证码。她忍不住催张经理,张经理沉得住气,看着时钟,半小时内只拨了两次语音电话。他们约定了三十万定金,合同一签完,汪勤就转了账。

第二天是周日,她睡到很晚才起来。好友在群内热烈庆祝她完成大事一桩,以后终于不需要越境通勤。懒洋洋休息到下午,她跟母亲打电话,汇报买房卖房的经历。但把燕郊的房价稍微说得高了点,又把自己即将贷款的金额说得稍微低了点。"一切都会好的,放心吧。"她安慰母亲。母亲也表示祝贺,又说家里的房子不打算卖了,姨妈也想通了,暂时不卖。

天气越来越温暖,燕郊和市区的房价都变得更低。汪勤的买主提过一次毁约,问能不能把定金退了,她自然不同意。而她查了朝阳区的最新房价,也跟张经理提过一次毁约。张经理无奈地笑道:"姐,您的定金已经交了,那边客户不可能退的。要毁约就得承受这笔损失。"倒是在日本的那对小夫妻催过何时过户,他们也密切关注房价,怕她不买了。张经理安慰:"放心吧,反正您已经拿到定金,我这边也会催客户赶紧办手续,到时候还需要您二位回一趟北京呢。"

汪勤打算不多想房子的事,只要她的买家尽快付款,她也会尽快交首付,他们都是一条绳上的蚂蚱。仲春时节,她去上海出差。一路景物秀丽,令她怀抱暂开。母亲问她有没有时间回家一趟,她说虽然只能挤出一天时间,但这时家里的春笋正好吃吧?过会儿母亲说,你爸爸想出去转转,我们要不要去哪里一起玩?

他们上次同游还是五六年前去云南。她问父亲想去哪里。父亲说,找个离家和上海都近的地方,你跟我们玩一天,然后你回你的北京,我和你妈妈再在附近转转。她选了苏州、无锡、嘉兴几个城市。父亲拍板,嘉兴好,我要去南湖看红船。

母亲说,你不是老早就去过南湖吗,我们以前单位都组织去过。

父亲说,我当然去过,但那是好多年前了,听说现在修得特别好。

母亲说,汪勤不感兴趣吧?

汪勤赶紧答，我也想去看南湖，我没去过嘉兴。

她为父母和自己订了高铁票，她比父母稍微早到一点，在出站口等他们。父亲头发白得更多，母亲看起来差不多是奶奶了，前几年走在路上还有人喊她阿姨。他们在高铁站打车，直接去南湖景区的主入口会景园。穿花度柳，散步至湖边，看到仿古样式的游船。船票六十元一位，可以在湖上逛一个小时，有茶水和点心。不待母亲嫌船票贵，她已迅速扫码认证，买好三张船票。工作日游人不多，他们包了整条船。穿制服的青年端来点心盘，一些小包装的瓜子和果仁，还有一壶极淡的茶，三只日式印花茶杯。她决定用积极的心态面对这些不够好的细节，而父母比她更积极，已悠哉品茗嗑瓜子，并不嫌弃茶味之劣。

湖上春水软碧，船行处荡起无数柔波。堤岸柳色深翠，桃李繁秾。鸳鸯与鹎鹛随波荡游，绿头鸭与白鹭翩然掠水。父亲游兴甚佳，拿手机一直拍窗外视频。母亲亦觉满意："春天的湖水真好看。"

手机嗡嗡响，是张经理的语音电话。掐断后

在湖上

发现,张经理发了好几条长语音,转文字一看,果然又是燕郊买主问能不能退定金,燕郊房价跌破万元,他们想要毁约。张经理说,姐,您放心,我先稳住燕郊的客户。不过现在他们真的在看其他房子,谁想到燕郊还在跌呢?

"我在出差。定金我不退,燕郊房子卖不掉,朝阳房子也买不了。一切请您多费心。"她握着手机,飞快打了一行字。

"好的,姐您放心,我再劝劝客户。"张经理回了一条文字。

母亲道:"你忙你的工作,船上又没有别人。"

"没事儿。"汪勤笑笑,将手机屏幕扣在小桌上,翻出包里的相机:"我给你们拍照片吧,再靠近一点,很好。再靠近一点吧!"

她请船上的工作人员为他们一家合影。工作人员对相机有点迟疑,可能担心是贵重物品。她赶紧换了手机递上,那青年松口气似的,为他们一连拍了好几张:"您看看这样行不行?"

父亲饶有兴味地查看照片:"好,都好,麻烦了,谢谢。"

他们的船在湖上徐徐绕了一个来回，湖心岛逐渐近了。他们将换另一艘人多的渡船登岛，那儿有父亲想看的红船。湖水流动的声音令她沉醉，春风像轻纱拂过脸上，人们快乐地排队上船，花树浓荫下金影斑驳，水鸟来来回回，燕子轻快地唱歌，每一寸春光都如此可惜。

2024 年 5 月 6 日

后 记

在我很年轻时，为了挣稿费，写过一些短篇言情小说。它们很顺利地被结集出版，却是日后很长时间内令我深感惭愧的"黑历史"。2012年，我去历史专业读书，见到了"学术圈"庄严的门墙。"女作家没必要读博吧？""女作家还能写论文？"不少人当面这样含笑说过。我因此痛改前非，努力清洗自己令人疑惑的"文艺气息"，连小说也不敢读了。

机缘巧合，2015年，我出版了一本跟京都旧书店有关的随笔集。"女作家也会买旧书？""原来作者是女人，还以为是儒雅博学的先生。"听到不少这样的评论，原来女性的确被视为次一等人，这时常刺激我内心的反抗。然而怎么做才合适，是平静地无视，还是先变成比"儒雅博学的先生"更出色的人?那时心里竟有模糊的盼望:等以后自由了,写到小说里去。

2014年至2017年间,考博及读博的前三年,我困于校内熟人造成的性骚扰和学术欺凌中。曾隐晦地向师长表示不满,但竟听到这样的声音:"文艺女青年嘛,就是多愁善感。""你的研究没什么意思,你还不如帮人家(加害者)翻译论文呢。""不愧是女作家,感情就是丰富。"我深感不服,但又不敢轻举妄动。先升上博再说,先发表论文再说,先拿到学位再说,这样反复劝说自己。因为学院里,弱者不值得被同情,"一定是她有什么问题吧",我不甘仅得到这样的评价,也不愿被说,"女作家就是那样"。然而,这种自欺欺人般的沉默与忍耐,到底令我无法奋飞。

2017年春,我读了林奕含的《房思琪的初恋乐园》,所得的震撼与力量,此刻回忆起来,仍难以平静。那一年,我向学校相关部门控诉过去数年间的遭遇,经历了滚钉板式的问询与审视。起初如惊弓之鸟,也未尝没有后悔,怎么不再忍忍?然而走过混沌幽暗的境地,似乎逐渐找回了呼吸的节奏。应当做勇敢正直的人,我对自己说,不应以沉默造成事实上的共谋。

在2018年的《松子落》和2020年的《春山好》里,我尝试讲述往事。从字斟句酌的隐晦表达,到敢于明言,"我被性骚扰,因此陷入抑郁、就医服药",这之间花了较长一段时间。我深受那些年"我也是"浪潮的鼓舞,以及2017年以来各种女性文学、性别议题的启蒙,并记得那些公共事件里的人们,他们所受的伤害,他们的呐喊,他们的离去。

2020年夏,我终于写了《玲珑塔》,刊于当年《小说界》第6期(主题"青春之歌")。在"自问自答"中坦白:"从前的心态,是从光鲜中寻觅阴暗,以为自己发现了了不得的真相;如今则是,只要污浊中还有微光隐现,就觉得还有活下去的意思。因此,讽刺不是我重操旧业的目的,忍住一时嘲讽与批判的冲动,把它们平静地灌注到完整的文章里,不让它们轻易消散在风中——这样也许可以得到一些安慰。"

《小说界》编辑项斯微是多年好友,我们相

识于《上海壹周》时代。多亏她的鼓励与认可，此后我每年写一个短篇，并有机会刊于《小说界》。它们是《出书记》（2021年第4期）、《花神》（2022年第2期）、《游仙窟》（2023年第1期）、《校长》（2024年第1期）、《在湖上》（2025年第1期）。

2024年3月中，久违地回了一趟国，从北京到江南，匆匆游历十日。五感所获的新鲜体验，催我写完了《养一只狗》与《在湖上》，它们后来分别被《西湖》和《小说界》接受。

经常看到有人嘲讽女性书写，认为那是琐碎次要的，近来甚至泛滥成灾。我也得到过许多关乎"女作家"的批评与歧视，以致于反省再三，自己的议题是否过于"无关紧要"。透过这本书，我想说，女性视角的写作还是太少、太小心翼翼了。书写弱者的困境、被遗忘的痛苦、被歪曲的残酷，是我提笔的原动力。如果连自己的感受与观点都不敢写出来，那谁还能为我书写呢？

这些小说有成集的机会，实在是过于幸运的事。而能在我喜爱的明室出版，更是开心。虽不敢说"我自由了"，但写小说本身已给我宝贵的自由。最后,感谢斯微、李璐接纳本书的单篇,容许我在自我怀疑中蹒跚复健。感谢杜娟对我写作、出版始终的支持与付出,尤其感谢希颖、皖豫为此书奉献的一切,我们的声音正是"有关紧要"。

2024年12月2日